MISHIMA YUKIO 三島由紀夫◯吳季倫譯

三島由紀夫書信教室

三島由紀夫レター教室

目次

人物介紹

本書信教室的編排體例不同於過去的形式。

這次改以交替呈現五個角色書信往來的編輯方式，如此一來，既可視為書信格式，也可當成寫作範本。

這五個人的生活有歡笑有淚水、有愛情有心碎、有借款有拒付。他們喬裝高尚地寫下通篇社交辭令的信函，卻又彼此憎恨、相互譏諷，將自己收到的情書與他人共賞。他們之間的關係錯綜複雜、變化莫測，乃至於撲朔迷離、糾纏不清。然而，每一封信各自展現出其饒富個性的一方天地。

那麼，接下來依序介紹這五位主角吧。

（A） 冰真間子 （四十五歲）

真間子是所有角色當中最難以對付的麻煩人物。現年四十五歲，年輕時貌美如花，而今是身形富態的寡婦。

起初在自家開設英文補習班，教學廣受好評，後來擴大事業規模，並聘有祕書與助理協助打理。家中兩個兒子分別就讀大學和高中，長子是個花心大少，次子則稟性嚴謹。

曾與夫婿旅居美國三年，那段時期學到的英語技能在丈夫過世後派上了用場。喜歡穿圖案華麗的印花洋裝，說起話來嗲聲嗲氣。

性格八面玲瓏，舌粲蓮花。由於常說英語，嘴形時而嘟成三角，時而癟為四方，鮮少靜默不語。

以貴婦自居，各種社交場合都能見其芳蹤。感情世界同樣多采多姿。對某個學生心儀時會故意寫英文情書，根據對方對於內容的理解程度予以評分。不過日常交談還是以日語為主。

喜歡寫信，獨處時總是寫個不停。家裡養了一隻臘腸犬。

（B）**山鳶夫　（四十五歲）**

真間子的男性友人，兩人同歲。

鳶夫是名聞遐邇的服裝設計師。脣上蓄著一撮小鬍子，瘠瘦的身形像極了旗桿。

一向自詡風流倜儻無人能比。喜歡奚落他人，賣弄文才，可惜依然難掩土氣。畢竟他生於鹿兒島，十五歲時離開家鄉，投靠遠在東京的伯父，憑著自己的努力終於爬上了設計師的地位。但那段不堪回首的過往已被拋到腦後了。

在為真間子製作多套洋裝之後結為摯友，兩人無話不談，但互不屬於喜歡的類型，雙方並未滋生情愫。

太太婚前是縫紉女工，性情溫婉，從不干涉丈夫的生活。

家裡養了五隻貓，收藏五百條領帶。情史豐富，偶爾會化身純情男子。高興時會側身躍步，像隻帝王蟹似的。

（C）空美津子　（二十歲）

以前是冰真間子英文補習班的學生。雖然英文學得並不道地，卻頗得真間子的疼愛，在離開補習班後兩人依然保持聯繫。

美津子是粉領族，在一家大型商社上班。這份職業只是在嫁為人婦之前用來消磨時間的，因此毫無工作熱忱可言。

個性冒失，時常搞砸上級交辦事宜，但遭到斥責時仍能面帶笑容致上歉意，因此從未樹敵。

個子嬌小，有雙大眼睛和玲瓏的鼻子，吹彈可破的肌膚彷彿掐得出水來。最特別的專長是字跡娟秀，因而經常寫信。從信箋文字判斷會以為是個內向而溫柔的女孩，其實她時不時會露出一抹俏皮的表情。

學過開車，卻遲遲考不到駕照。

（D）炎丈流　（二十三歲）

在拮据貧困的生活中努力鑽研戲劇的青年。性格一絲不苟，一開口就是大道理。

丈流在某劇團當見習生。該劇團委託鳶夫設計舞台服裝，經常派他去洋裁店跑腿，並在那裡結識了恰巧來到店裡的真間子。真間子與鳶夫相當佩服這個侃侃講述戲劇理論的年輕人，將他介紹給美津子。丈流對這種布爾喬亞[1]做派十分反感。

真正熱愛話劇的青年應當是蓬頭垢面的，無奈他賴以餬口的兼差工作是當電梯服務生，那家公司對於從業人員的服裝儀容要求嚴格，只得作罷。

從早忙到晚，不是工作就是進食，或是發表高見，幾乎無暇做其他事，唯獨書信寫得很勤。

1 布爾喬亞（bourgeois），意指資本主義社會中的資產階級與中產階級。

文筆極佳，能夠寫出一封文情並茂的借款信，向特別講究禮儀的前輩博取同情。

見解深奧，然而相貌平庸。

（E）丸虎一　（二十五歲）

圓滾滾的身形，貌似樂天知命。既然人們覺得他樂天，也就恭敬不如從命了。

虎一是美津子的表哥，大學已經留級三年了。

腦筋並不差，只是時常發懶，喜歡看看電視、吃吃東西，沒興趣的事都提不起勁。

雖然不喜歡動，但並不怠惰。不僅筆友遍布各地，還是個郵票收藏家，常和同好交換郵票。已是成年人了，嗜好仍和中學生一樣。

生性憨傻笨拙，走路時會把旁邊的小孩撞倒在地，買包菸老忘了拿回找零，總是癡癡等待回信。

愛做白日夢，在夢境裡想像自己是世上最瀟灑的青年。

＊

以上是五名主角的介紹。想必各位已經看出來了，他們的際遇與年齡均不相同，唯一的共通點是「勤於寫信」。

現代社會慣用電話聯絡事務，甚至美國的部分都市已開始使用影像電話了，但是書信仍有其一定的效用。在這個牢牢封緘的紙張密室裡，人們可以優哉游哉地盤腿漫談，可以叨叨絮絮地夢囈，還可以對著任何人來一場長達五個鐘頭的獨白。

那裡猶如豪華旅館的一間間客房，從最重視繁文縟節的正式會晤，乃至於枕邊床畔的綿綿情話，都不會被無關的旁人聽去。

現在，（A）角色的冰真間子正在寫一封信。

那張便箋是平凡無奇的事務所用箋，但從她頻頻托腮思索、謹慎下筆的神情，不難推測信中內容是相當重要的心情告白……

老派的表白信

冰真間子寫給山鳶夫的信

儘管知道見面商談遠比寫信請教來得好，可是您事務繁忙，不好意思拿這點小事邀約相見，但也不方便到貴店叨擾，況且去了說不定又讓我訂製高價新裝。思來想去，只得寫信討教了。

事情是這樣的，某位人士寄來一封信，內文詳見附件，想請教您對這封信的看法。

您也曉得我計畫蓋一棟大樓並將英文補習班遷至新址，由於手頭資金不足，需向銀行貸款，因此經常拜會Q銀行的分行，從而結識了該處的分行經理，並得以核貸到足夠的款項。

聽說那位分行經理的太太幾年前過世了。為了答謝對方核發貸款，我特地設宴款待，沒想到在宴後收到了這樣的信函。

您一定不會相信這個時代竟有年屆五旬之人如此純情，但只要看過附上的來函，就是不信也得信了。

冰真間子夫人大鑑：

昨日承蒙盛情款待鄙人為此次核貸的效勞。其實談不上效勞，僅僅是基於銀行的客觀判斷，依據與您往來的信用提供相對的資金，請不必感到心理負擔。

可以想見貴補習班必將於此基礎之上鴻圖大展，對日本的文化界給予絕大貢獻，鄙人同樣深感欣喜。

事實上，昨日極想告知一事卻難以啟齒，只得透過拙文述說了。

接下來的話與銀行業務絕無相關，只是一個人的心意，一個人最純粹的心意。

不知從何時起，鄙人似乎愛上了夫人您。您一定頗覺意外。經過幾次商務會晤，鄙人為夫人身為一介女子奮鬥至今那令人動容的熱忱所打動，為夫人高尚的氣質所傾倒，更為夫人時常面帶微笑猶如慈母般的美德所感動。每日下班回到一室空虛的家中，眼前總會浮現夫人溫暖的面龐，連兒女也忍不住詢問：「父親，您最近怎麼和往常不太一樣了呢？」

說來不怕見笑，鄙人明知自己已上了年紀，然而昨晚臨別之際，滿面笑靨的夫人說道：「希望我們往後不單是談公事，也能成為無話不談的朋友。」於是在您親切的鼓勵之下，鄙人終於提起勇氣，寫下這封信。

這份心意絕無半點虛假。誠摯企盼收到您的回覆，並請以男士的化名寄至銀行。

……問題是，我無法從這位分行經理身上感受到一絲一毫男性的魅力！

他的確是個好人，可是聊天時話題貧乏，口頭禪是做作的「換言之」，為他斟酒時他還會模仿電視演員的語氣連聲道謝「不敢當、不敢當」。總之，這個人的一舉一動，無不令我大開眼界。

另外，他和典型的鰥夫一樣脖子上積著髒垢，相貌像極了獾，可以說從頭到腳都不討女人的歡心。

麻煩的是，往後我還得繼續和這家銀行打交道，突然收到這樣一封信簡直滿臉錯愕。望著信裡淒切的告白，覺得自己像是莫名其妙被人從頭頂蓋下一頂沉甸甸的鐵盔似的。思索很久依然不知如何是好，這才決定請教您的意見。

期待您親切的回信唷！

山鳶夫回覆冰真間子的信

惠函已拜讀。

老話說得好，酒香不怕巷子深。每回相見，您的熱情洋溢總帶來無比欣喜。

然而，您的不知所措實在令人費解。如果是藉此誇耀，這般低調的方式不像您的一貫作風。但若是當真感到為難，那只能說您的功力退步嘍。

那封情書簡直荒唐至極！根本無須詳讀您補充的人物介紹，從他的來信即可嗅到那個男人渾身散發出刺鼻的庸俗之氣！

那種人必定會寫出那種信，而會寫出那種信的人絕不會是儀表堂堂的美男子。所謂「文如其人」，果真是名言警句。

即便退一萬步，把開頭處提到的「文化界」云云視為他用以掩飾難為情的藉口，但我完全無法忍受一個年過半百的男人膽敢信口胡謅「只是一個人的心意，一個人最純粹的心意」。

人生悠悠五十載，唯有在性慾和錢財得到滿足的前提下，才會接著談到「一個人最純粹的心意」。

不僅如此，他將小五歲的您形容成「如慈母般」，真是太失禮了！這男人一定有戀母情結，看似衣冠楚楚，實際上一臉色迷迷的，從嘴角流出的口水已經一路滴到襯衫底下了。

這句看似向母親撒嬌的話還有另一層邪惡的含意，也就是他「渴望依賴母親的本事」。聰慧如您，非得一眼識破他的詭計才行。

況且這封情書裡對您美麗的體態竟然隻字未提，您能夠接受如此無禮的情書嗎？

此人看似純粹頌讚女性的精神價值、抽離對肉體的渴望，其實很可能已經喪失一個男人必備的能力了。

您可得千萬小心！務必當心！

話說回來，我洋洋灑灑寫了一大篇，還忍不住痛斥一個素未謀面的男人，說不定是為了隱藏自己的嫉妒喔。

謹遵所囑，附上覆信範例如後。言簡意賅為上。

大函敬悉。

承蒙厚愛，必將永誌不忘。不過，我這個中年婦人已心如止水，您的美言猶如地底下傳來地鐵運行的轟隆聲響。路面上的輕軌鐵路和路面下的地鐵軌道是兩條永不交會的路線，望請銘記在心。

下回見面時，我們談些**更**愉快的其他話題吧。

冰真間子 敬上

希望對方能夠看出隱藏在這個「更」字背後冷若冰山的意涵。

寫給名人的影迷信

炎丈流寫給空美津子的信

真沒想到妳居然懶得提筆，讓我代寫影迷信，而且還是寫給那個布爾喬亞式話劇作者的久里唐門？

首先，我想知道妳為什麼要當那種矯揉造作的中年男人的影迷呢？配得上妳的年輕人多得是呀！

其次，那種布爾喬亞式的喜劇、淺陋的沙龍劇、通篇皆為無所事事的闊太太睡言夢語似的戲劇，究竟是哪一點吸引妳？

在得到心服口服的解釋之前，我無法為妳代筆。

空美津子寫給炎丈流的信

是我沒先解釋清楚就貿然拜託，對不起唷。雖然你瞧不起，但我還是很喜歡久里唐門大師的戲劇。

尤其是前些時候演出的《N夫人的鋼琴》，可說是日本少見的洗鍊喜劇，再也找不到其他劇作家能夠寫出如此充滿機智的台詞了！我和四、五個公司同事相偕去看劇之後大受感動。尤其是最後一幕，夫人悄悄地在不得不脫手賣掉的那架鋼琴灑上自己愛用的香水，那段情節真是太精彩了！

我信誓旦旦地告訴同事，一定會寫封影迷信寄給久里大師。大師的容貌我只在簡介摺頁裡看過，並不認識他本人。不過，照片上的他不像你形容的那樣矯揉造作，比較像個有點營養不良的文弱書生，別有一番魅力喔！

炎丈流寫給空美津子的信

既然妳對他的喜愛僅止於作品，那麼我答應代寫影迷信。萬一妳的興趣是在那個名叫久里唐門的人身上，我絕對無法接受那種不純的動機。說到底，那個叫做久里唐門的劇作家不過是個膚淺又弱不禁風的知識分子，想必他也會考量自己虛弱的體力，只敢和同為知識分子類型的女性來往。

依我之見，妳並不屬於典型的知識分子，不過我還是把影迷信寫成像是出自知識分子之手吧。妳看一下這樣可以嗎？

久里唐門大師尊鑑：

日前拜見了大師的《N夫人的鋼琴》，在深受感動之下冒昧寫了這封信，望請海涵。我從未錯過大師的每一部大作，尤其近期的《N夫人的鋼琴》更是將十九世紀英國客廳喜劇那種充滿機智和洗鍊的作品首度搬上日本的舞臺。

必須坦承，演員們的表現不盡如人意，整齣戲劇唯有大師的劇本散發著耀眼的光芒。在大師對人類投去冰冷的視線中，蘊含著無比溫暖的憐憫，與此同時，大師也在乍看之下對於天真無邪的哄然大笑裡，隱藏著犀利的尖刺。尤其在大師筆下的N夫人更是活靈活現，讓我由衷領悟到這就是現代之神！（備注：我也不曉得「現代之神」所謂何物，總之寫影迷信的訣竅在於時不時用上一些不知所云的詞句——炎丈流）

當我想像著大師是獨自一人在書齋裡撰寫出如此龐大的人物對話，便忍不住為您散發著神祕氛圍而又光彩奪目的風采為之折服。

大師將所有的人生智慧，以及那人生智慧中的一切虛無縹緲，盡數澆灌在這齣喜劇的台詞裡了。

我們這些年輕女孩總是對於未知的人生勾勒著不切實際的夢想，然而在拜見過大師的戲劇之後，彷彿從中學到了什麼，並且為我們帶來了另一種流動性的甜美夢想。（備注：請留意我同樣不曉得此處的「流動性」所謂何物——炎丈流）

我認為大師的存在，完美填補了日本劇壇欠缺的部分，包括高級的幽默、顏色淡雅的揶揄、施上指彩的心靈指甲、溫柔的諷刺、棉花糖似的嘲弄……以及大師那堪稱最佳著裝典範一般的洗鍊。企盼日後能拜見更多大師的舞臺作品。如蒙撥冗覆信（深知大師日理萬機），毋任感荷。

空美津子寫給炎丈流的信

我把你寫的範文謄寫一遍之後寄出去了，可是足足等了一個月都沒有等到回信。我猜那個男人是個自戀狂，故意裝出一副自己天天都會接到上百封那種影迷信的神氣模樣，根本不希罕我的信。哼，虧我拍足了馬屁還浪費了郵票錢！

空美津子寫給炎丈流的信

我實在氣不過，決定非報仇不可！我覺得罪魁禍首就是被你寫得一塌糊塗的影迷信！一定是那封信讓他覺得知識分子類型的女人性情偏激，最好還是敬而遠之。像你這種黃毛小子，根本無法體會中年男人複雜的心境。你還是多多用功，努力鑽研戲劇吧。你的志向不是要當個導演嗎？

我想到的復仇計畫是這樣的。我偷偷從相簿裡找出一張我家那個滿臉皺紋老太婆（就是我媽）年輕時候的相片，翻拍了一張，再把原本的那張悄悄放回相簿裡。

別瞧我媽現在臉皺得跟顆酸梅似的，二十年前也算得上是個美人胚子。我在信封寫上捏造的地址和姓名，放進翻拍的照片，寄出了這樣一封信：

久里唐門大師您好：

自從在S劇場走廊有緣見到一面，您的身影始終縈繞心頭。思索許久，終於鼓起勇氣給您寫了這封信。

我將穿著一襲紫色和服，於〇月〇日〇時在東京會館大廳恭候大駕。屆時若沒見到您，我或許會去尋死。

愛慕者　謹上

嘻嘻嘻……到了約定的那一天，我穿上了黃色的套裝，悄悄躲在柱子後面等著那尾笨魚上鉤。

來了、來了！只見他忐忑不安地左右張望，在最顯眼的那張沙發慢慢坐下，攤開報紙假裝讀報以掩飾尷尬，菸抽了一支又一支，超過約定時間三十分鐘了依然沒有放棄，繼續等下去。

我呀，對久里唐門已經徹底幻滅，再也不想看他的戲了。瞧瞧他泛青的臉色，以及值得同情的過高髮際線。話說回來，有一件事可以確定，那就是我寫影迷信的功力絕對贏過你。

待會兒還得去駕訓班上課呢，我忙得很，先寫到這裡囉。

肉慾橫流的求愛信

山鳶夫寫給空美津子的信

幾天前的巧遇真讓人喜出望外，和妳聊天實在太愉快了，我絲毫沒察覺時間過得那麼快，甚至連後續的工作會晤都爽約了。

這封信接下來的內容恐怕有些火辣。請妳務必讀到最後一個字，千萬不要看到一半就把信給扔了。

我平時十分健談，其實本性認生。別瞧我在信裡什麼都敢寫，一想到要把這些話說出口就靦腆又怕羞，以致於聽起來像是句句謊言，實在無法像時下的年輕人那樣口若懸河。

每一次聽妳稱呼「叔叔」總讓我心頭一凜，希望至少在讀這封信的時候，暫時忘了「叔叔」這個稱謂，將我當成一個男人看待。

日前在咖啡廳裡和妳喝茶的時候，以及後來相偕用餐的時候，猜猜我一直在看著哪裡？坦白說，我的視線從頭到尾都直盯著妳的脣和胸。

身為仕女服裝的設計師不得不經常和許多富婆打交道，我已經受夠這種成天滿口謊言的日子了。

「完全看不出您的年紀！」

「您胸部的曲線絲毫不輸外國女性喔！」

這就是我每一天都得說上無數遍的話。這種虛偽的生活換成誰都會受不了的。更別提那些女士一個個身形臃腫，活像一顆顆內餡爆漿的大泡芙。

所以，當看到妳的嘴脣時，它的鮮嫩欲滴幾乎令我窒息。

妳一開始點了聖代，邊吃邊將長匙戳進玻璃杯裡胡亂攪動，真像個淘氣的小姑娘。

妳的脣，宛如今天清晨剛做出來那般鮮嫩，彷彿前一刻才從枝梢摘下來並且揭開覆於其上的那層玻璃紙似的。嘴角沾裹著霜淇淋的模樣，恰似穿著新鞋卻毫不猶豫地一腳踩進爛泥裡，讓人感到不捨。

今晨，當妳向人道早時，那輕啟的丹唇該是多麼嬌柔、多麼優美呀！唯獨擁有適合說出「早安」這兩個字的粉唇的年輕女孩，才能夠真正喚醒一天的神清氣爽。

還有，為何妳的胸脯彷彿輕輕一拍就會抖晃不止呢？出於工作需求，任何假胸都絕逃不過我這雙磨練多年的鷹眼。只要檢視上胸部分，以及從肩膀到手臂的線條就明白了。妳的胸脯渾圓，頂端像是嘛起小嘴說著「哎喲」的形狀，再沒有比這更可愛的線條了。胸部若是太謙虛，低頭望向地面，可就不好囉。

當妳長長地呼了一口氣用來表示吃得太飽了，而胸脯也像忠實的小動物一樣同步起伏，那一刻，我滿腦子想的是該如何滿足那雙微微翹起好似發著牢騷的胸脯呢？

倘若用指甲輕彈一下那噘起的小嘴——我的意思是乳頭喔——想必會立刻凶相畢露。我說的不是妳喔，而是妳的胸脯。一想到妳的胸脯凶相畢露的剎那，我頓時醺然陶醉在那甜美的幻境之中。

現在我要使用叔叔的特權明確地說出來：我懷著和妳同床共枕的渴望！如果妳願意同床共枕，我保證會讓妳看到有生以來首度領略的美妙夢境。反正那也沒什麼大不了的嘛。

一想到每晚妳那雙光滑熾熱的美腿擱在床上的光景，足以令人心潮澎湃。假如我再往旁邊一躺，相信對妳來說也同樣感到刺激。儘管放心，一切交給叔叔，絕不會虧待妳的。

喔，可愛的、可愛的，妳這隻可愛得讓人想咬一口的小鴿子、小貓咪！妳這個世上最可愛的小壞蛋竟然一直藏著掖著！要是再繼續躲下去，當心遭天譴喔。

下週四的五點，我在K旅館的大廳等妳。一定要來喔！

炎丈流寫給空美津子的信

寡廉鮮恥！

妳居然把那種信當寶貝似地揣在身上，還特地拿來給我看？頹廢的布爾喬亞毒素已經在妳體內蔓延開來了！

妳嘴上說著「我收到一封噁心的信了。信裡說的下週四碰面，算算就是後天了。誰要去呀！」可是當我讀完信準備撕掉時，妳卻連忙一把搶回並趕緊收進手提包裡。妳打算拿那種骯髒汙穢的信做什麼呢？難道要帶回家供在神桌上嗎？

我大概能夠了解妳為什麼一邊皺著眉頭罵噁心，一邊小心翼翼地把那封信摺好放妥的心態。

從信紙上的摺痕，不難想見妳在拿給我看之前，至少已經仔仔細細地反覆讀過三十次以上了。就連讀完以後會做的事我也一清二楚。每讀完一遍，妳必定會奔到鏡子前面，又嘟又噘的觀察自己的脣形，接著側身以眼角餘光瞥視鏡中隆起的胸形，總之就是各種不知羞恥的可笑舉動。

我的嘴唇是否真的像在輕聲道早，彷彿今天清晨剛做出來的那般鮮嫩呢？——妳不停地這樣自問自答，臉上洋溢著盈盈笑意。

明天就是訂在K旅館的約會之日了。倘若妳當真赴約，我就和妳絕交！

明天，我決定把重要的工作扔在一旁，守在K旅館的大廳監視妳是否赴約了。可是等妳收到這封信時，約定的日子已經過了，如此想來似乎有邏輯上的謬誤。

總之，當我帶著滿腔怒火地寄出這封信時，心中暗自祈禱妳將是抱著沒去旅館的懊悔之情（！）讀完這封信。

空美津子寫給空美津子的信

美津子小姐，妳終究沒有赴約，真為妳感到慶幸。妳怎會一時鬼迷心竅，連一絲愛意都沒有，卻動了獻身的念頭呢？

不曉得為什麼，還是捨不得撕掉那封信。即使結婚以後會丟掉很多東西，唯獨那封信仍會好好留著。

雖然妳不是「阿花小姐」[1]，但相信過了三十年、四十年後，每當回想起自己年輕時充滿魅力的身影，相比於任何拍攝精美的相片，出自別人口中的一句讚美更能喚醒那栩栩如生的記憶。

話說回來，炎丈流動不動就生氣，真可愛。妳不覺得嗎？

---

1 或指日本NHK電視台於一九六六至一九六七年間播放的高收視率晨間連續劇《おはなはん》（阿花小姐）的女主人公。故事內容描述性格開朗的阿花出生於明治中期的愛媛縣，長大後和一名軍人相親後結婚，孩子出生後丈夫卻因病離世，於是阿花獨自克服重重困難，含辛茹苦地將孩子拉拔成人。

借款信

丸虎一寫給冰真間子的信

前幾天陪表妹空美津子去銀座買要送給她朋友的結婚禮物時剛好遇到您，在美津子介紹之後，您招待我們吃了奶油蛋糕和茶飲，真是太感激了。我這輩子沒吃過那麼好吃的奶油蛋糕，那叫一個入口即化，齒頰生香。

聽說那款奶油蛋糕每塊要價三百圓，美津子也說我們難得有機會到那麼高級的咖啡廳呢。

言歸正傳，我最大的願望是買一台彩色電視機。觀賞電視節目是我唯一的嗜好，如果能夠看到彩色的畫面，想必感覺飄飄欲仙。

一面看著電視，一面盡情大嚼烤魷魚、醋醃昆布和花生米那一類零食，就是我最幸福的時光了。

先不說那個了，請問您養過蟑螂嗎？那是一種通體油亮泛光、生命力無比強韌的昆蟲，聽說大量繁殖後可以製成中年男子專用的壯陽藥。真想知道假如光餵牠們吃小黃瓜，不曉得養不養得活。

喔，抱歉，我一時以為是寫給筆友的信，隨口聊了起來。那位筆友是個住在四國的女孩，總說我的信太有趣、有意思極了，天天望穿秋水地等信呢。

我的信具有溫慰人心的幽默。聽說能夠寫出這種信的年輕人多半長得玉樹臨風。

自從彩色電視機面世以來，我一直努力存錢，心心念念盼著買台彩色電視機，可惜目前還差三萬圓。眼看著彩色頻道一天天多了起來，真讓我寢食難安。

既然您能大手筆地請我這個素未謀面的人享用三百圓的奶油蛋糕，想必出借區區三萬圓也不是什麼難事。我提筆寫下這封信，將一切寄託於您的氣魄與豪情。如果您明天能夠透過小額匯款或其他管道把這筆錢送過來，這將成為我這個大學生在青春時代收到最好的禮物，並且終生難忘。等我找到工作以後，一定會把領到的第一份薪水統統還給您。

俗話說，做事要抱定破釜沉舟的精神才會成功，所以我懷著不妨一試的想法給您寫信。

秋意漸濃，務請保重玉體。

冰真間子寫給丸虎一的信

你真是個怪人。收到信後讀著讀著，不由得噗嗤一聲笑了起來。等一下就去講給美津子聽。

不過，這封信用在研究現代青年的消極心態是很好的材料呢。

我無法借你三萬圓，不過聽說你喜歡集郵，隨信附上一枚十五圓郵票充當授課費。謝謝你唷。

炎丈流寫給山鳶夫的信

晚輩深知如此致函十分失禮，望請山設計師海涵。

請恕唐突，晚輩已經滯納了三個月份的房租，實在一籌莫展，希望向您借支一萬二千圓。本月底領薪之後必將歸還三千圓，於四個月內分批清償完畢。

說來令人憤怒，公寓管理員沒有一絲憐憫之心，撂狠話說若未於一週內繳納全額就要把我掃地出門。若被驅離住處，扣除滯納的房租之後，發還的押金寥寥可數，勢必只能搬去山谷[1]那一帶的貧民窟棲身了。

晚輩並非無故遲繳這三個月的房租，而是向來遵循嚴密的生活計畫，一點一滴積攢收入。事實是日前聽聞劇團友人母親因病住院且性命垂危，必須盡早開刀卻苦於籌不出手術費，於是晚輩將所有存款加上該月半數薪資交給友人一解燃眉之急，豈料竟是騙局一場，對方一拿到錢就逃之夭夭了。這三個月以來，連生活費都得向人周轉，實在張羅不到房租。晚輩明白您不會輕易同情這種濫好人。您是深諳世故（成年人的世界）的專家，儘管彼此的思想立場有所迥異，但您的行事風格向來令晚輩「拍案叫絕」，內心無比敬佩。

晚輩此時的困境猶如老鼠生存的現實主義那般不值一提，並且是不自量力基於人文關懷而疏忽輕信所導致的報應，站在您的角度，必然認為「像他這樣的年輕人就該多吃點苦頭，恰好藉此機會磨練磨練」。

實際上，所謂的互助合作只存在於窮人之間，由此衍生出來的背叛行為或失信行為並不會存在於富人的世界。富人背叛的起因，絕不會出自於互助合作這類愚蠢的動機。

明知提出此項請求將會受到您的蔑視，甚至可以說，晚輩正是期盼這樣的結果而刻意為之。

晚輩抱著一絲希望，但願有位充滿知性的人士能夠站在客觀的立場來看待某個青年的天真，帶著幾分輕蔑與一時興起，猶如朝向庭院土壤上不知該何去何從

1 此處的山谷為地名，相當於現在的日本東京都台東區東北部。該地曾有許多廉價住所，吸引大批臨時工人入住，生活環境不佳。

的螞蟻投撒一小撮砂糖那樣，願意給予金援。

晚輩並不期盼您會為了一個年輕人的未來著想或同情而借出這筆錢。這對您並無好處，況且也不符合像您這樣一位走在潮流尖端的紳士的一貫作風。

明天晚輩將於您方便的時段拜訪貴店，衷心期盼您能就上述央託，給予YES或NO的簡要答覆。

山鳶夫寫給炎丈流的信

上週借你的一萬二千圓請不必歸還。

那時雖然表示是「借款」，其實當下已經決定直接給你了。將一筆錢致贈他人並不是件容易的事。希望你能夠盡早體會到成年人的用心良苦。

話說回來，那封借款信確實深深打動了我。信裡流露著年輕人特有的堅毅，沒有一絲一毫的畏首畏尾，沒有一點一滴的痛哭流涕——這正是向人借款時的關鍵要訣。任誰都沒有那種寬宏大量願意借錢給一個懦弱無能的人。

把錢送給一個明快果斷、深具自信的人，感覺十分稱心快意。不過以後可不許再用同一招喔！

已非處子之身的坦白信

山鳶夫寫給空美津子的信

妳依然清閒如昔嗎？會這麼問是因為「還是一樣忙碌嗎」的寒暄太老套了。忙也好、閒也罷，想必妳仍是同樣青春美麗（其實這才是最最老套的寒暄）。

今晚內人和往常一樣因疲累而早早就寢，我將五隻貓分別安置在膝上、桌上、邊桌上、地毯上和電視機上，開始提筆寫這封信。每一隻貓都乖巧軟綿地趴在原地。

夜色深沉，貓看起來更像貓了。總覺得白天的貓有些寒磣，但入夜後就漸漸散發出與生俱來的高貴氣質了。

我並不打算繼續談貓的事，抱歉，這次又是愛情遊戲的例行報告。我和一個年輕小姐交往了一陣子，終於進展到向她求歡，卻在關鍵時刻遭到她嚴正拒絕並且逃離現場，深深傷害了我的自尊心，她也不再與我聯絡。沒想到大約過了一星期，我卻收到了這樣的一封信。

我實在無法理解一個女人是基於什麼心態而寫下這樣的信。總之，這份參考資料稱得上趣味十足，請笑納。

她的職業是百貨公司的仕女服飾專櫃人員，身材高挑、氣質知性、眼神清澈，是個帶有抒情色彩的美女。

我基於工作所需而時常到百貨公司，不經意間與她四目相對、點頭微笑，進而開始約會。在差不多見了四、五次面後，如前所述，打算趁她有幾分醉意時順勢帶去旅館，可惜沒能如願。

不多說了，請看看她的來信吧。

我想了很久很久，猶豫著該不該寫這封信，最後認為還是寫了比較好。

但是敬請安心展讀，這絕不是一封帶有恨意或是惡意的信。

那一天，我竟像個俗不可耐的女孩似地突然哭著跑走了，想必您心裡很不是滋味，也一定瞧不起我。對此，我並不怪您。

不過，我不願意讓您繼續誤會下去，也覺得很對不起您。

我實在無法忍受您將我當天的舉動解釋為不再喜歡了或者一時害怕了。如果您的確是用這樣的理由說服自己忘記這一切，表示您其實尚未釋懷。我自作聰明地寫下這段話，認定您一定很想知道我真正的想法，您該不會已經將我遺忘？倘若如此，那麼，請忘了我吧。

我即將向您坦承一件非常羞恥的事。不過，希望您能先回想起每次見到我的時候常說的話。我當天的莫名舉動就和這一點有關，所以您也必須負起部分責任。您曾經對我說過好幾次這樣的話：

「妳真的好清純喔！」

「在我這個油膩大叔的眼中，妳的清純具有無比的魅力，更讓我腦中浮現一個邪惡的念頭——真想親手玷汙那份清純！」

「妳真像一顆裹在潔白宣紙裡的小茶點呀！」

您說過的每一句話我全都記得清清楚楚。

我想，自己應該是愛著您的，所以才會努力讓自己變成您心目中的模樣。正因為如此，那晚您向我求歡時，我是那麼的痛苦。我明白，您為那一刻布局已久了。

「因為太清純所以想要玷汙」——這句甜言蜜語能讓任何女人神魂顛倒。然而也由於這句話，我才會甩開您的手逃跑了。

您猜猜原因是什麼？理由很簡單，因為我已經不再純潔，我不願意被您識破了自己其實並不純潔的真相。

假如對方是年輕的男生或許還能瞞得過，可惜絕對逃不過您的那雙鷹眼。

……我並不是沒有考慮過另一種可能性。您或許早已看穿了我並不純潔，所以才猛灌迷湯，一再讚美我是個純潔的女孩，等到時機成熟的時候向我求歡。如果真是那樣，只能說這套戰略是失敗的。因為女人一旦發覺自己的純潔遭到質疑，反而會理直氣壯地使出一記戲劇化的反擊：

「是呀，我這顆純潔的心已經獻給了您！」

我無論如何都不希望讓您意興闌珊地覺得「唉，原來不是處女啊」，也不希望讓您放下心來鄙視認為「哎，猜得沒錯，果然不是處女」，而剩下的唯一辦法就是我再度恢復處子之身。可是我真的不想去做近來整形外科常做的那種騙人重建手術。

但是，總不能因此而被誤解我有一段不名譽的過去，所以在此我簡要說明一下。

我曾經有個論及婚嫁的男友，當時他還在讀大學。我把第一次給了他。那是兩年前的事了。可是，那段感情沒有幸福的結局。分手以後，我到百貨公司上班，此後不曾與任何男人有過深入的交往。唯獨這點，請一定要相信我。

我很怕讓您感到幻滅，這或許是我的自以為是。我並不打算為這種自以為是表示歉意。但是，我不想被人誤會，所以才提出說明。只是這樣而已。

請繼續和我見面吧！

以上就是我收到的信。她為什麼要寄這種信來呢？我對她還是有些割捨不下，該不該再當一回傻子去找她呢？請惠示高見。

空美津子寫給山鳶夫的信

您平時對人性無所不知，一遇到自己的事反而亂了手腳，這怎麼行呢？請再一次仔細讀這封信。內容有條有理，思路清晰，這個女人絕非泛泛之輩呢。要和這種人相處必須提高警覺，千萬別偷雞不著蝕把米喔！

這個女人絕不是真心愛您。即使目的不是錢，至少也是愛慕虛榮和貪圖安逸。若是上了她的當，我以後再也不理您啦！別當傻瓜！千萬別當傻瓜！

（咦？我該不會是嫉妒吧？）

來自同性的告白信

炎丈流寫給冰真間子的信

自從收到一封怪信之後天天坐立不安，原本打算拿給空美津子小姐看，想想又覺得一定會引來她的嘲笑：「呵呵，好噁心的信喔！」於是決定轉寄給您，請賜高見。

畢竟您擁有豐富的人生經驗，並且深知自身的無比魅力，能夠從客觀的角度分析別人的問題，因此除了附上那封怪信請您過目，也想請您聽聽我最真實的心境。

那封怪信不是郵差先生送來的。雖說我們名義上屬於劇團的導演組，其實只是負責製作大型道具的木工，因此總是穿著髒兮兮的牛仔褲，褲頭還插著一支槌子。正當我在最近那齣話劇公演前的最後一次排演結束後，忙著整理大型道具時，那個在電視界也享有高知名度、體態豐腴的喜劇演員大川點助從舞臺的另一端一邊慰勞著劇團成員「辛苦辛苦！大家辛苦了！」一邊走過來，二話不說就把那封信塞進我手裡。

直到打開信之前，我滿心以為他塞的是錢，心想這世上奇怪的人還真不少呢。

大川點助是個有些謝頂的肥胖中年男子，大家都知道他懷有藝術熱忱，得空時總會來觀摩話劇的排練。這一天他同樣來到劇場專注地觀看排演過程，時而向導演提問。

他為人隨和、不端架子，但沒有陰柔之氣。所以在讀那封信之前，我壓根沒懷疑大川點助有那種性向。

我把那只信封塞進口袋裡就忘了這件事，回到家以後才忽然想起，撕開封口掏出信來，沒想到居然是這樣的內容，不禁大驚失色。

炎丈流君：

你真是太出色了！像我們這一輩的在劇場、影壇和電視界打滾多年，什麼樣的英俊小生沒見過？就算是紅透半邊天的明星，下臺以後也只是一具提線木偶，沒有一絲吸引力可言。

當然了，我從沒給那些人寫過什麼影迷信，但這封信是用來表達對你的仰慕之意。

你在舞臺上勤奮工作的身影宛如正在抽芽的綠竹，分線梳整的髮型在額前垂散幾絡誘人的瀏海，那雙瘦長的腿穿起沾染汙漬的牛仔褲再合適不過，還有，你站在舞臺邊和照明師討論時那一口燦笑的白齒……我從不曾為一個努力工作、渾身塵灰的年輕人散發出知性且雄偉的魅力所傾倒。自從遇見你，舞臺上的所有明星再也入不了我的眼。你的俊美，猶如鋼板那般鋒銳犀利。

我心想非得要和你好好聊一聊不可，向人打聽到你的名字之後，在走廊上匆匆寫下了這封信。希望你能明白我的心意。我雖然經常扮演丑角，其實是一個鐵錚錚的男子漢。明天是首演，想必劇團晚上會聚在一起慶祝。我將於公演第二天結束以後，在劇場後方第二條巷子裡那家名為「寧靜」的立飲酒吧等你。

請一定要來。在等到你之前，我恐怕什麼事都做不了。

這封信看得我張口結舌，愣在原地。

自我踏進戲劇界以來，時常聽人談起同性戀的話題，沒想到有朝一日自己竟會遇上這種事，況且對方還是一個知名的胖子諧星，這未免太詭異了。

我當然沒去「寧靜」和他見面（您應該相信我絕無謊言），只是過了一兩天後，卻漸漸覺得有些遺憾，像是為心裡的那份好奇沒能得到滿足而感到惋惜。

我絕不可能和那種男人交往，也不曾喜歡上同性。既然如此，又為什麼會出現這種心煩意亂的感覺呢？

我分析了自己的感受，認為那應該屬於一種自戀。沒有人講過我長得「俊美」，我以往也不太在意自己的外貌，沒想到竟會得到那個胖墩墩的喜劇演員如此稱讚，於是產生了「和他相較之下，或許我確實是俊美得多」的對照式情感。

不僅如此，我還有另一個新發現，那就是來自同性的讚美能夠讓人肯定自身的男性魅力。

如果聽到女孩誇獎「你長得有點帥喔」，當然是件開心的事，可是男人通常不會輕易相信自己具有男性魅力。

那是因為女孩有時會被男人身上某種非男性的魅力所吸引，但若這句話出自同性的口中，可就無庸置疑了。畢竟對方也是男人，而一個男人甘願為愛而臣服於我，足見我的男性魅力有多麼不凡。

總之，只要不抱持鄙棄的偏見，大川點助的這封信可以說是我的人生禮物。

以上，敬請不吝賜知您的感想。

冰真間子寫給炎丈流的信

謝謝你寄來這封有意思的信。

信裡詳細寫下你的心路歷程，讓我對男性有了更深一層的認識。

我的意思是，女人只顧著把全副心思放在自己身上，忘記或疏於稱讚身邊男人這一種最重要的拉攏技巧，以致於被男同志趁虛而入，橫刀奪愛，由此可見男同志非常巧妙地掌握了男人心理上的弱點和缺陷。

除非心胸狹隘，否則任何人收到那種信的感受都和你一樣。

還有，你的信也有助於女人增加自信。

哪怕是老太婆或醜八怪，只要往大川點助旁邊一站，都稱得上有幾分姿色。既然連沒人疼沒人愛的大川點助都有辦法單憑一封信就讓一個年輕人心動，那麼但凡是女人，即使已是人老珠黃，都應該有十足的自信能夠打動任何人的心。

只是多數女人隨著年華逝去成了半老徐娘，反而忘記該對心儀男人給予關懷和讚美，只管一股腦地推銷自己，於是註定了失敗的結局。

大川點助在那封情書裡對自己的事隻字未提，而是滔滔不絕地描述你的魅力，我們這些女人必須向他好好學習。此外還有一點也得時時刻刻牢記在心——所有的男人都一樣自命不凡。

寫給花心男人的恐嚇信

冰真間子寫給山鳶夫的信

昨天整理一個很久沒打開的抽屜，從裡面翻出一封五、六年前寫完後沒投郵的信。五、六年前算來那時丈夫已過世兩年，你應該還記得我就是在那個特別心煩意亂的時期談了一場驚天動地的戀愛吧。

還記得你當時一直苦勸我那不是個好對象。他是大學剛畢業的上班族，才二十四歲，小我十六歲，也就是一般俗稱的小白臉。

我總是親暱地喚他小健。那個年輕人來到英文補習班的第一天，就深深擄獲了我的芳心，這段過程你比誰都清楚。對我來說，真是一段危險的戀情。自從被那段感情傷得滿目瘡痍之後，我從未對任何人付出過真心，不願使自己再度置身於那樣危險的戀情了。

愛情這種東西就和疾病一樣，只要注射過一劑強效的疫苗，這輩子就不會再生大病了。

不過，那時候的我實在天真。我對他可以說是掏心掏肺，任何要求統統答應。

一部分原因是覺得自己年紀大、對不起他，還有就是他那彷彿有魔法的眸子、清秀的嘴脣迷惑了我，簡單講就是他看起來屬於「人畜無害」的類型。

誰會想到他居然悶不吭聲就結婚了，而且一臉無辜地說自己早在三年前就訂下了婚約。這話聽得我暴跳如雷，你當時也安慰了我。坦白說，那個時候的我恨不得殺人洩憤。

可是一想到兩個兒子的前途，只得勉強打消了殺人的念頭。但這口氣我實在嚥不下去，於是決定寫一封恐嚇信。

我連郵票都貼妥了，卻在投進郵筒的前一秒改變主意，不寄了。信在手上又捨不得丟，便將它扔進抽屜並上了鎖。

如今情傷早已痊癒，攤開信來重讀一遍，不禁懷念起當年那個滿懷熱情不惜粉身碎骨的自己，其實心裡還是有那麼一點恨意。

所以，我決定把它寄給你。別人的調侃，或許可以幫我徹底揮別這段孽緣。請笑閱。

小健，想必這是我最後一次這樣叫你了。

你的行為太卑鄙了，沒有一絲一毫辯解的餘地。

你踐踏了一個女人的自尊，該不會以為做了這種事以後不會遭到任何報應，能夠過著逍遙幸福的日子吧？人生可沒那麼容易。我正在反省自己疏於督促，害你連英文都學不好，所以這回面對人生課題，我會加倍用心嚴格教導。

我會鉅細靡遺地寫下你的事，寄給你的未婚妻。某個夜晚，你曾把臉埋在我的胸前哭著說：「妳是我這一生最初也是最後的女人。」早知道就該拿錄音機把那句謊話錄下來。為了避免別人以為這只是捏造的黑函，我會把你身上的私密特徵仔仔細細地寫進信裡。瞧，我多麼貼心！

請注意，我寫的是「會寄給她」，而不是「已寄給她」。

既然寄出這樣一封信，我心裡再也沒有牽掛，只剩下憎恨。人們說憎恨是愛情的另一種形態，若能目睹讀著這封信的你哭喪著臉的模樣，想必連那最後一絲恨意也會被拋到九霄雲外去了吧。

慢走不送。

山鳶夫寫給冰真間子的信

哎哎哎，嚇了我一大跳。

這封恐嚇信裡呈現出您從純情漸漸變為陰險的兩種不同面貌。沒想到您竟然願意像這樣放下自尊！不過既然這封信沒有寄出去，也就表示您終究沒能拋棄尊嚴。

還有，這封恐嚇信在最關鍵的部分露了餡。以對方的聰明機智，想必一下子就看穿了您的真心。

那就是您在信裡強調並不是寫「已寄給她」云云的段落。這種寫法無異於赤裸裸地表白自己「非常渴望再見一面」的心情。此話一出，恫嚇的威力頓時大幅削弱了七成。

以及接下來的那句「既然寄出這樣一封信」，完全是畫蛇添足。恐嚇信必須不帶情感、冷酷簡潔，才能發揮強大的威力。

不說別的，一個真正的高手絕不會在恐嚇信中真情流露。這種行徑唯有徹底卑劣、徹底低俗、徹底冷血的人渣才做得出來，在憤恨激動的狀態下哪能寫好恐嚇信呢？

仔細拜讀了您的信箋，字裡行間仍隱隱透出人性光輝，只能說這是一封不及格的恐嚇信了。

您果然是位心地善良的女士，即便有意扮演蛇蠍惡婦，還是無法使出真正陰狠毒辣的手段。這樣一封信若是流傳後世，不僅會傷害您的聲譽，更會減損您的文采，勸您還是盡早撕了它吧。

話說回來，人們回頭看昔日的愛情，往往要啐罵自己傻氣。就算您現在和他重逢，勢必也要納悶為何當年會愛得那般狂烈呢？如今的他，想必淪為每天晚上把孩子抱在膝上呆愣地看著電視的無聊男人了。

丸虎一寫給冰真間子的信

這是一封恐嚇信。我是認真的。

不久前，我發揮了如彩虹般絢爛的熱情，誠心誠意向您借錢買彩色電視機，您居然回了那麼絕情的信！

我確實喜歡集郵，但您隨信附上一枚十五圓郵票究竟是何居心！那枚郵票根本一點也不稀奇嘛！不過我仍然抱著一絲期待，心想說不定是印刷不良、市價高達十五萬圓的變體郵票（真若如此，就有錢買彩色電視機了），於是特地握著放大鏡仔細端詳，結果還是一枚尋常無奇的十五圓郵票。我很生氣，太瞧不起人了！

順帶一提，下次見面時，請務必招待我到銀座那家高級咖啡廳吃兩塊上回那款要價三百圓的奶油蛋糕。三塊我吃不了，兩塊就夠了。那美妙的滋味令人難以忘懷。要是不願意請客，我會在東京到處宣傳您英文補習班的每一個學生英文都很糟糕。

產後知會信

冰真間子寫給丸虎一的信

你的傻氣只能說是嘆為觀止。居然威脅別人請客兩塊奶油蛋糕，這哪裡是一個男子漢應有的作為呢？

那還是其次……你的來信，從拙劣的筆跡到荒唐的字句，無不讓我難以置信。

近來收到一封特別感動的信，就將那封信當成書信範本送給你吧。不過，那是私人信件，所以撕去署名之後再附上。我想，信裡寫的都是值得慶賀的喜事，給別人看應該無妨。

順便一提，寫信人在我的英文補習班上過課，後來嫁給貿易公司的職員，是一位相當溫柔又迷人的小姐。

老師：

向您報告，我的第一個寶寶在結婚滿一年後誕生了。

如同名著《我是貓》的開篇第一句「我是貓，還沒有名字」，寶寶的名字也還沒取好。外子和公公這幾天忙著商議，在生下滿一週的那天晚上應該會有定論。噢，忘了說，我的寶寶是「他」。

這封信其實是瞞著護士小姐偷偷寫的。我只有在餵奶的時候才能見到「他」，其他時間閒得發慌，滿腦子想的都是「他」……真難為情。總之，這樁好消息頭一個想報告的就是您，所以忍不住提起筆來。產婦的眼睛容易酸澀，醫生嚴格禁止於產後一星期內閱讀和寫信，今天才第三天呢。

老師，寶寶真是太神奇了！將新生命帶來世上的女人，真是太神奇了！生了孩子以後我才打從心底體會到——這件再平凡不過的事，正是人世間最偉大的奇蹟。

當護士小姐笑著告訴我「是男寶寶唷」的那一刻，剛才生產過程承受的一切痛苦頓時煙消雲散。女人還真健忘呀。

我永遠忘不了見到寶寶的第一面。

聽老人家說，從前的嬰兒出生時總是緊緊地攢著小拳頭，頂著一張皺巴巴的猴子臉。不過在這個營養豐富的好時代出生的嬰兒，那雙漂亮的小手一直抓呀抓的，像是要握住這個新世界的空氣似的，一臉眉目清秀的五官甚至帶著幾分威嚴，彷彿在對著我說：

「哎，老媽，別緊張，一切包在我身上！瞧，我這不是健康活潑地來到世上了嗎？」

我簡直想伏在地上向他磕頭謝恩。每一次餵奶的時候，只見神氣的「他」專心地吸吮著我的胸脯，那模樣真是太可愛、太可愛、太可愛……（以上重複一百遍），可愛得要命！

雌性哺乳動物餵奶時的滿足感，該如何用英文來形容呢？我在我們的母語裡找不到任何一個精準的形容詞。

老師，您知道有一種噴泉是循環式的嗎？就是噴上去的水會流回到池子裡，然後再一次噴出來。我的感受就和這種噴泉一樣。

過去以為我的生命只屬於自己一個人的，如今卻透過從身上分泌出來的乳汁餵入孩子的嘴裡，接著在孩子的身體裡化為無形的流光溢彩散發出來，滲入我的肉體。然後，那股光流又一次在我體內變成乳汁，傾注到孩子的身軀。生命，就這樣形成了循環。

「他」多數時間都在睡覺。瞧那熟睡的模樣，彷彿十分篤定自己來到了一個能夠安身立命的世界，可以儘管寬心休息。託「他」的福，我也從這個世界享受到安身立命的美滿幸福。

噢，還沒告訴您，「他」長得非常handsome喔！

我已經可以想像當您見到「他」時，立刻被這個小帥哥迷住了的神情。請一定要來看看「他」喔！

不好意思，整封信只顧著分享自己的喜悅，請勿見怪。

敬祝　安好。

這才稱得上是一封好信。儘管內容講述的都是自己的事，卻能讓對方同樣感受到那份喜悅，一點也不會讓人看了反感。雖然你那些令人瞠目結舌的恐嚇信也同樣不會引起反感，但相對地會換來鄙視，這樣不是得不償失嗎？建議你，第一要務是把字練好。剛開始即使寫得不好看也沒關係，重要的是一筆一劃都要飽含誠意。你的字跡軟綿綿的，恰恰反映出你的精神狀態。這樣明白我的意思了嗎？

丸虎一寫給冰真間子的信

書信範本已經拜讀。實在讓人為她汗顏。我是為了堂堂一台彩色電視機而日夜憂思，信裡的女士卻只是生了個寶寶就滿意得不得了，真是個無欲無求的人啊。我想，您要我模仿的自然不是信裡的內容，而是寫作和字體吧？就算要我仿效的是內容，我一來生不出小孩，再來也擠不出乳汁，但是我每天都喝五瓶牛奶喔（可惜大概派不上用場吧）。

不過照這麼看來，似乎寫些寓意深奧、充滿人生況味的內容就能讓您感動。所以說，女人應該只懂得和肉體有關的事情吧？女人應該無法理解渴望彩色電視機這種抽象的、高階的煩惱吧？

就是因為這樣，西蒙．波娃女士才會大聲疾呼「女性當自強」，狠狠地揍了天底下女人的屁股蛋（對不起，我用了「屁股蛋」這樣不雅的名詞。可是，一想到女人身上那面積和體積皆大、豐滿而脂肪肥厚、光潔細嫩的臀部，只能說「屁股蛋」這個字眼是再貼切不過了）。

這樣吧，我按照範本試著寫寫看：

雌性哺乳動物餵奶時的滿足感，該如何用英文來形容呢？

老師，我認為，那種滿足感一定非常接近您給我三萬圓，或是請我吃兩塊奶油蛋糕時內心感受到的喜悅。假如無法體會那種心情，您就沒有資格當哺乳動物，只能說是爬蟲類了。不過，我再也不會向您央求任何東西了。每一件事都無法如願以償而陷入絕望的人生，乾脆一了百了。

倒不如上天堂捧讀週刊報導我那淒美的死亡，報導的標題是〈對人生絕望而選擇離世的浪漫青年〉，要來得有意思多了。

再見。

邀約婉拒信

冰真間子寫給空美津子的信

今晚是個寧靜安詳的初冬之夜。我家那隻像極了海狗的臘腸犬正趴在火爐旁進入夢鄉，一身充滿光澤的濃密黑毛在火光的映照下閃閃發亮。

讀大學的大兒子和往常一樣不曉得去哪裡玩了（大概是到原宿那一帶吧），而上高中的小兒子也與平時一樣待在書房裡專心用功……所以，只有我一個人享受著這美好的孤獨。

我不是不願意找人聊聊天。年輕時遇上這種機會，一定馬上打電話呼朋引伴出門逛街，可是現在一來提不起興致，更不好意思擅自剝奪別人的寶貴時間，因此沒有找妳過來家裡坐坐，而是像這樣提筆寫下一封想到什麼寫什麼的信給妳。

況且沒有面對面，更能放心大膽地管閒事、發牢騷和挑毛病。即使下筆重了些，還請別見怪。

所謂的挑毛病，是想抱怨妳前陣子寄來的那封信。

我曾經寫信邀妳參加P劇場的開幕典禮，並且連同邀請函一起寄給了妳，對吧？按理說，我應該先撥個電話問問妳時間是否允許，若能同行再將邀請函寄過去，說起來是我太過自信了……因為P劇場開幕典禮的邀請函十分搶手，我滿心以為妳收到一定很高興，說什麼都會準時赴約。

我的用意很單純，只是一心想給個驚喜，可惜做法上有欠思慮。

出乎意料的是，妳一收到邀請函就立刻寄還，還附上一封信表示歉意。這種處理方式既正確又無可挑剔。畢竟妳當天確實有事，為避免浪費了那張邀請函，這才貼心地以限時專送寄回來。

可是，美津子小姐，那封信過於冗長了。

妳解釋開幕當天也是同窗好友的婚宴，已向對方保證出席。新娘是妳讀書時的摯友，兩人從很久以前就互相發誓一定會參加對方的婚禮。

婚宴訂在傍晚五點至八點於O旅館舉行，接著是陪同新人前往東京車站目送他們出發度蜜月，因此直到九點左右都難以抽身。

妳查詢了P劇場開幕典禮的時間，得知是從四點到九點，和既定行程幾乎完全重疊，儘管十分扼腕，也只能忍痛婉拒了我的邀約。這一邊是非去不可的婚宴，另一邊是渴望參加的盛會，不巧排在同一天的同一時段，妳抱怨自己實在太不走運了。

妳說妳一直很想親眼見證P劇場的開幕典禮，那些預定蒞臨的嘉賓都是妳喜歡的演員，無奈自己緣分淺薄，忍不住要埋怨起多年來的手帕交了。

錯失如此千載難逢的機會固然令人心痛，可是站在摯友的立場，這也是一生只有一次（但願如此）的成婚大典，妳不得不去為她慶賀生命中僅只一次的喜事云云。這一切合乎情理，我絕不懷疑妳婉謝的理由有絲毫虛假。

收到信後我才知道那一天是黃道吉日，自然不會對妳的真心誠意有半點猜疑。倘若妳應邀出席開幕，爽約沒去摯友的婚禮，我一定會責備妳的。

當然，妳的決定非常正確。換成是我，必然也會做出相同的決定。

問題是，問題在於……

那封信太長了。這關乎十分微妙的感受度和細膩度。

西方人善於社交，他們謹守的社交第一原則是顧全對方的體面。

婉拒邀約時，只要表達「抱歉有約在先」這一個理由已經足夠，不需要詳述內情。縱使是在一個月前、兩個月前接到的邀約，也照樣可以使用這個理由予以回絕。

儘管就常識而言，不至於有兩個月前就早早談妥的約定，但只要能夠顧全對方的體面，大可不必在意所謂的常識。況且，除非特殊狀況，否則極少會在一個月前就收到邀請函。

如果有實在不想赴約的場合卻一再收到邀約，不妨以相同的理由婉拒個兩三次，如此一來，對方就會明白妳的意思，往後不會再提起這件事了。這樣做，對雙方都好。

然而在這方面，日本人卻活得很辛苦。比方在路上遇到時習慣互問一聲：

「去哪裡呀？」

這就是日本人多管閒事的壞毛病。

正因為如此，日本人要拒絕另一個日本人的邀約時，需要端出一個名正言順的理由（別誤會，我這裡並不是指妳用一個冠冕堂皇的理由拒絕了我的邀約）；但若說明得過於瑣碎，反倒會讓對方覺得不舒服，心裡犯嘀咕：「該不會是因為討厭我而不想來，所以才囉囉嗦嗦地講了這麼一大串吧？」

不妨將心比心，站在被拒絕這一方的立場想一想。邀約者其實只關心對方的回覆究竟是欣然赴約還是不克出席，並不希望承受額外的情緒負擔。

好意邀約，結果不僅遭到拒絕，甚至還得背負起某種情感的沉重包袱，任誰都吃不消的。這不是搬石頭砸自己的腳嗎？

妳那封信的後半段完全是多餘的，只會讓我不得不對自己的輕率深感愧疚，責怪自己讓妳不想去參加（假如所言為真）摯友的婚禮了。婚禮畢竟是一輩子只有一次的盛大喜事，妳雖還年輕，這件事的輕重應該不需要我贅述吧。

或許我未來還有機會梅開二度。P劇場的開幕典禮這類錦上添花的活動根本無法和人生大事相提並論。這封回信，讓我原本想給妳一個小驚喜的雀躍心情徹底落空，心裡湧上滿滿的懊悔：「為何不事先打個電話問問有沒有空呢？」

如此看來，喜歡寫信還真是各有利弊哪。

求婚信

炎丈流寫給空美津子的信

經過審慎的考慮，我終於鼓起勇氣，在此向妳鄭重求婚。

或許妳覺得是玩笑話，然而我的心意絕無半點虛假。這是我經過數百遍的捫心自問之後，得到的最終答案。

我曾為妳代筆情書，也看過山鳶夫恬不知恥的信文，經手了不少非己所願之事，而每一次總是令我煩躁發怒，終於，我明瞭了深藏在心底的愛意。

這並不是一樁令人欣喜的發現。第一個原因是，彼時我還不清楚妳對我有何想法；第二個原因是，妳我的思想和日常感受差距甚遠，而我並不是個甘願為無望的愛情努力之人。

直到昨夜，我們在寒風瑟瑟的神宮外苑散步，長談良久，後來妳甚至獻上了溫香軟玉的嬌巧朱脣……那一刻，我恍然明白，必須更為誠實地直面內心的那股悸動。

我不想把當下的心情化為「嫁給我」這句輕浮的話語。（坦白說，我雖交往過幾個女生，但哪怕是開玩笑，也從沒說過「嫁給我」這三個字，更不至於落魄到得靠這種台詞來釣女孩上鉤。真心交往和遊戲人間是不同的。）

可是，也許該怪自己膽小吧，昨晚我無法將這句話說出口。並不是覺得即使求婚遭拒也是應該的，而是我畢竟已經踏入社會，非常清楚結婚這件事的前提是必須具備足以安家立業的資格。

「欸，跟我結婚吧！」

——我實在不認為這樣的台詞能夠展現出男子氣概。這種不負責任、不上不下的求婚詞不是我要的。當我求婚時，真正想說的是老派的、傳統的，甚至是顯得鄭重其事的這一句：

「嫁給我！」

最完美的狀態是，當男人講出這句話時，無論在精神方面、物質方面以及社會方面，皆已做好將女朋友迎娶進門的萬全準備了。我在精神方面雖然已經準備就緒，問題是在其他方面幾乎還是一片空白。

也因此，在現階段求婚或許有些臉厚。我心知肚明，只要從現在起拚命工作，等到成為日本首屈一指的導演、功成名就之際，再尋覓佳偶自然不費吹灰之力。但也可以想見，屆時主動示好的女子必定另有所圖。所以，唯有趁著自己還沒什麼名氣的「現在」，方能找到心地善良宛如皎潔珍珠的終生良伴。

當然，我不會放棄電梯服務生的兼差。這種從早上九點到下午五點半之間待在形同「人類廢紙簍」裡上上下下、枯燥乏味的輪班工作一點都不輕鬆，但是公司對我誠懇的工作態度給予肯定，預計於明年升我為電梯部門的副主任，到時候薪資也會跟著增加。

每天下班後我會直接去「自然座」劇團，有話劇上演時就參與幕後作業，沒有演出時就發發傳單、賣賣門票，或者和大家一起排練。為了日後能被提拔為導演，舉凡和話劇有關的照明、音效、服裝乃至於小道具等等細節都要學到駕輕就熟。

晚上回到公寓以後，先是研讀日本和國外的戲劇，接著是寫信時間。婚後太太必須理解我對戲劇的熱愛。我盼望夫妻倆能為戲劇脣槍舌戰直至深夜甚至黎明，並在這樣的論戰之中逐漸孕育戲劇精神。

我期許自己真正為日本的人民大眾奠定賞心悅目的戲劇典範。

敬候佳音。

空美津子寫給炎丈流的信

謝謝來信！我實在太開心了，忍不住捧著信吻了又吻。

這封信和你以往寫的好文章不一樣，只管盡情抒發自己的想法，我太喜歡了！

信裡不僅沒有用甜言蜜語來引我上鉤，而且求婚時也沒有提出婚後的保證，從頭到尾自說自話，完全是你的一貫作風，我太喜歡了！

況且這是人家這一生中第一次收到的求婚信嘛，我真的好高興，感覺自己身上的女人味彷彿經過聚焦之後散發出清澈透亮的光芒。

不過，如果你從早上打工到傍晚、接著又去劇團從傍晚忙到早上，那什麼時候睡覺呢？還有，我又不是一張薄薄的糯米紙，總不成讓我在你排得滿滿的二十四小時行程裡伺機找空檔塞進去吧？即使不考慮經濟層面，你也根本沒有空餘的時間撥給婚姻生活呀！

在回答NO或YES之前，我覺得我們兩個人還是應該先針對這個問題，進行更多、更深入的討論才好。

人生或許是某種習慣。你安排一天的方式，雖是為理想而燃燒自己的生活樣貌，但可能是某一種習慣所形成的。我這麼說並沒有指責的意思，因為我自己也是一樣的。

總而言之，你我過的都不是一般受薪階級的刻板日子，我們還是應該慎重考慮、仔細商量，一起為這個名為「婚姻生活」的大衣箱找到一個最適當的位置擺放。現在這個雜亂的房間裡，是沒辦法騰出空位來安置那麼大的衣箱的。

等我們商量完，動手清掃收拾房間時，說不定……是呀，說不定會從畫框的後面驚喜發現一大筆錢唷！即使沒有找到意外之財，也能整理出一塊只屬於兩個人的甜蜜小天地呢。

如果我立刻用YES來答覆你的求婚，日後也許會後悔自己當初怎麼沒有更謹慎地思考人生大事。

不過請放心，要是我討厭你，一定會馬上回答NO的。這種事我才不講客套呢！

我很肯定，心裡的答案絕不是NO。不過到說出YES，還有一段距離。為了讓我的答案能夠上升到YES，無論如何都需要你的幫忙、建議和體貼，以及很多很多的協助。

假如你袖手旁觀，不肯伸出援手，難保我的答案會滑落到ＮＯ哦！

中傷情敵的信

山鳶夫寫給冰真間子的信

真是令人不悅。

我在街上巧遇了空美津子小姐，她居然笑靨如花地告訴我，炎丈流君向她求婚了！

她說，雖然對方目前還不是個夠格的結婚對象，但自己很喜歡他，兩人今後會從長計議……那個可愛的女孩竟然在曾經熱情地向她提議進行肉體交流的我面前這樣暢所欲言！

這番話太刺耳了，讓人忿忿不平，大為光火！

我實在氣不過，一回到家就往愛貓身上捏了一把，結果被激怒的貓咪立刻展開反擊，在我的手背留下了抓痕。真可謂禍無雙至，禍不單行。

不過，我已是四十五歲，不會輕易感情用事了。

依據多年來的經驗，我敢保證那個女孩絕對無法在這種形同「患難與共」的婚姻裡堅持下去。

只要瞧瞧她的長相就知道了。

小巧的臉蛋有雙大眼睛和玲瓏的鼻子，吹彈可破的肌膚彷彿掐得出水來。她的熱情開朗代表著無窮無盡的人生慾望，這樣的人生慾望好比一圈圈往上堆疊的霜淇淋，想吃這支霜淇淋的人可得具備同樣旺盛的食慾，才能趁它還沒融化之前大飽口福。

所謂旺盛的食慾也就是生存能力。像炎丈流那種生存能力趨近於零的年輕人，根本沒有資格享用那樣的美味佳餚！

還有，美津子的臉上明明白白寫著對「生存」的貪婪。她並不打算靠自身的努力去掙取，而是只想沾別人的光享受榮華富貴。

我不由得想像著，她從勤勤懇懇工作的丈夫每個月帶回來的薪水裡攢下私房錢、做些家庭手工以貼補家用、拎著菜籃子站在魚攤前奮力討價還價的種種模樣……活脫脫像個接錯戲的蹩腳演員。那種日子她絕不可能堅持超過一個月的。

那個粗枝大葉的女孩把結婚大事看得太容易了。

再怎麼看，以她的長相，正是專向中年男士撒嬌討買貂皮大衣的典型。我並非指她是個狐狸精，而是說她屬於積極尋求人生快樂（包含物質上的快樂）的類型。

這種性格的女孩，怎會偏偏愛上了那個一窮二白學話劇的呢……

我曾經寫信露骨地向她索求肉體，如今看來那個方法並未奏效，這回得改用另一套戰術才行。

我決定採取兩手策略。一方面，我要帶著愛慕已久的神情對她體貼呵護，告訴她有任何煩惱儘管找我商量，並且裝作不刻意地隨手送上她想要的禮物。另一方面，我要一步一步破壞炎丈流在她心中的美好形象。

這種抨擊行動切忌操之過急，不可貿然詆毀那個年輕人，那樣做太不成熟了。要是她認為純粹是我嫉妒心作祟，可就得不償失了。

首先，我要假裝獻上祝福，表示願意為他們兩人的幸福盡心盡力，並且對自己過去的肉體慾望深感懊悔，今後將成為一個「善解人意、明白事理的叔叔」，展現出守護這對新人的堅決態度，藉以博得她的信任。

「只要你們能幸福，我什麼都願意做。有什麼煩惱我都可以幫忙解決的。」

天底下任何一個女孩聽到這樣的話都會很高興的。接下來，我再找個適當的時機，一臉憂心忡忡地向她挑撥離間：

「坦白說，我聽到幾椿關於丈流君的傳聞，原本打算瞞著妳，可是萬一日後那些風言風語傳入妳的耳中，恐怕會怪罪我怎麼沒把這麼重要的事情告訴妳……」

說穿了，也就是仿效《奧賽羅》裡的旗官伊阿古[1]那種慢慢搧風點火的手法。這種所謂的「幾椿傳聞」有多麼容易捏造，想必身為美豔騙子的妳再清楚不過了。

言歸正傳，這件妙計，望請您看在朋友的面子上鼎力相助，不知意下如何？我認為空美津子的父母肯定反對女兒嫁給炎丈流，又或者美津子根本還沒把如此重大的決定告知父母。

倘若能確切掌握這方面的情報，對我可謂如虎添翼。您是否願意幫忙探聽一下呢？

當然，請千萬別轉告她父母「美津子很想和丈流結婚」，只要探問他們是否知道這件事即可。

衷心盼望您不要協助那兩個不識抬舉的年輕人，而要支持我這個一輩子的老朋友。

1 伊阿古，莎士比亞的悲劇作品《奧賽羅》裡的人物。伊阿古為主角奧賽羅的旗官，個性陰險刁滑，由於嫉妒奧賽羅與副將凱西奧而向元老告狀，不料反倒促成了奧賽羅與苔絲狄蒙娜的婚事。

謹致

常保青春、永遠美麗、恆久慈悲為懷的冰真間子夫人

冰真間子寫給山鳶夫的信

我能體會那種不甘心的感受，也很高興您願意與我分享。本來以為您是個好好先生，沒想到也有偽善的一面，如此看來您的心態還很年輕哪。是不是每個人到了和您一樣的年紀，就自然而然學會了偽善呢？

我答應接下這份任務，會想辦法盡快探聽的。

不過，有句話得先說在前頭——人一旦做出低劣的行徑，就必須一以貫之，卑鄙到底。我擔心像您這樣一位好好先生，恐怕會在執行詭計的過程中不慎露出馬腳，或是突然良心發現。

既然決定擊退情敵，就要不惜使出各種陰險狡詐的行徑，達成完美犯罪，千

萬不可以被對手看扁了。縱使對方只是一個毛頭小子，畢竟他擁有一項您不再擁有的利器，那就是「青春」。

自古至今，在談感情時，威力最強大的殺手鐧就是「青春」。甚至可以說，戀愛是「青春」和「傻氣」的綜合體，更是那個年紀的專長特技；在失去了「青春」以及「傻氣」的剎那，也同時失去了戀愛的資格。

話說回來，丈流和美津子，兩個都是我十分疼愛的年輕人。我喜歡他們的程度遠勝於你這位愛貓狂人的中年設計師富豪。正因為喜歡他們，忍不住想對他們小小惡作劇一下，所以才答應與您串通合謀。

不過，我畢竟是個女人，什麼時候會愛上誰，這可難講。要是哪一天愛上您……到時候說不定會臨陣倒戈唷。

力邀殉情的信

丸虎一寫給冰真間子的信

之前您嫌我字寫得醜、文章寫得差，著實惹惱了我，後來我就利用看電視的時候拚命練習寫信。如果有人覺得奇怪為什麼要一邊看電視一邊寫字，那麼他根本沒資格當個現代人。

不光如此，我每看一個鐘頭節目，必定會吃掉一包奶油花生，也就是同時進行「看、寫、吃」這三件事，這樣一來，我相當於活了別人的三輩子。

不過，悲慘的現實卻是我只能觀看黑白節目，連一台彩色電視機都買不起。既然已經活了別人的三輩子，不如趁著青春年華好時光，在眾人的惋惜之下離開人世——今晚忽然如此有感而發，倍覺空虛，於是選中了您陪我殉情。

您答應殉情，也相當於為過去對我的一切殘忍苛刻、無情打擊聊以贖罪，更何況以您的年齡算來，應該活夠了吧。

至於為什麼會有殉情這個念頭？再怎麼說，一個人尋死未免有點寂寞。這種心情有點像小時候不敢一個人去上廁所，總要有人陪著一塊去才好。

況且和您這樣一位妖豔的中年夫人一起輕生，別人就會認定我是受到女方逼迫共赴黃泉的小白臉，如此一來我也臉上有光。

起心動念，事不宜遲，於是趕緊寫信送去。

對您而言，有我這樣的年輕男人邀請「一起殉情」，想必十分榮幸。這可是個能讓自己死得重於泰山的大好機會，千萬不要錯過喔！

我讀過古往今來的不少殉情故事，很多都是出自父母不同意婚事之類的愚蠢理由。真是的，犯不著為了那種芝麻小事自殺嘛。

女生常把男生分成戀愛對象和結婚對象，依我看，男人則是將女人分成戀愛對象、結婚對象和殉情對象這三種。

而您正是最完美的殉情對象！換句話說，您實在太老而當不成戀愛對象和結婚對象了（您已經四十五歲了吧？都快大我一倍囉），所以只能用來殉情了。

一個符合資格的殉情對象，必須具備美麗妖豔、說話帶刺、薄情寡義、自私自利、女人味十足等等要素，若和吻合上述條件的女魔（這是我造的新詞，並不是「魔女」的誤繕）一同走上絕路，一來死不足惜，再者不給別人添麻煩，而且她的父母不是死了就是成了老糊塗，不會再為女兒傷心了，一切堪稱十全十美。

那麼，接下來想和您商量殉情的時間、地點和方法。關於時間，訂在下週五好嗎？下週恰巧是久違的十三號星期五，很吉利吧？

至於地點，在哪裡都無所謂，可是到太遠的地方還得花車錢，要是約在旅館大廳可以不費一毛，不如就訂在東京旅館的大廳吧。妳我兩人向服務生各要一杯水，數一二三後同時吞下三百顆安眠藥，這樣就大功告成了。如此華麗的退場方式不僅便宜省錢，還可以躍上報紙的斗大標題〈俊男美女於旅館大廳服安眠藥殉情〉，保證馬上名聲大噪。這樣做既瀟脫又霸氣，對吧？

不過，在執行之前，別忘了要請我吃很多美食作為惜別紀念喔。

首先，我們相約三點左右碰面，我要在離世前再吃兩塊那令人念念不忘的奶油蛋糕，然後轉往最高級的壽司餐廳盡情享用因為太貴而從沒點過的蝦子等等生鮮海味，吃完以後就到那家旅館。更美妙的是，那裡的大廳擺著一台大大的彩色電視機，所以我們可以一起欣賞彩色節目，聽著歌星加山雄三[1]那句經典的間奏口白「真幸福啊」，並且毅然決然同時把藥吞下肚，這樣就萬事大吉了。

怎麼樣，這個主意不錯吧？請盡快回信，熱切等候您的答覆。

冰真間子寫給丸虎一的信

今天因為某件小事而心情愉悅，因此比平時更為寬宏大量，正巧就在這個時候收到你的來信。這便是我展信時非但沒有惱怒，甚至還讀得哈哈大笑的原因。

看著像你這樣吊兒郎當的人，每每覺得已經夠荒謬絕倫了，卻總還能做出更加費解的行徑，只能說是驚嘆不已。你真是令人嘖嘖稱奇哪！

信裡的種種僭越，如果視為挑釁，的確讓人怒火中燒。但若當成是你的天真無知，也就可以原諒了。

不過，殉情一事恕不奉陪。雖說我是個自私自利的四十五歲女魔，總得沉浸在多愁善感的情懷之中，才有可能走上殉情那條絕路。

不管到了幾歲，人們的心底總會藏著幾分感傷。不過感傷好比牛仔褲，只有十幾歲的孩子穿得合身好看，上了歲數以後就沒有勇氣套上那種褲子了。

我不敢信誓旦旦地說自己沒有一絲一毫「想殉情」的念頭，只是無論如何都不可能和你一起做那件事。年紀比我大的男人也好，年紀比我小的男人也好，一旦真心愛上了，若是哪天被逼入絕境，說不定我真會拋棄家庭和孩子，和他一起殉情。畢竟在嘗遍人生況味之後一想到「還有明天」，不禁覺得興味索然，提不

1 加山雄三（1937–），日本歌手、作曲家暨演員，為日本演藝界巨星。

起勁。如果能在我倆沒有明天的情境之中瘋狂相愛，那不是太美妙了嗎？

當然，若是不幸罹癌之類的不治之症，那麼即使沒有明天，也沒有心思顧及性啦愛啦那些兒女情長了。除了那種特殊狀況以外，在擁有健康、擁有一副足以與人相愛的健全身軀的前提下，我不排除去做頹廢墮落的、猶如飛蛾撲火般的天真嘗試。而或許能夠達到的唯一方式，就只有殉情了。

其實即使沒有真的死掉，相愛的情侶等於每天晚上都在為情而死。我已經很久沒有嘗過那種「每晚共赴瀕死境地」的滋味了。假如某天遇到了那樣的對象，在「每晚共赴瀕死境地」的基礎上，說不定會願意陪他殉身呢。不過，那個人絕對、絕對不會是你！

不說別的，單是將殉情和食慾連結在一起，這種想法太齷齪了。

丸虎一寫給冰真間子的信

您說將殉情和食慾連結在一起是齷齪的想法，受教了。那麼殉情一事作罷，只把注意力集中在食慾上吧。明晚六點，我在銀座四丁目的三越前面恭候大駕，請務必前來賞賜一頓晚餐，拜託了。

旅途中寄出的信

山鳶夫以前於旅途中寄給冰真間子的信

我正在巴黎，入住位於夏樂宮附近一家古老而安靜的耶拿旅館，望著映在窗上的街邊冬樹縫隙間鼠灰色的低沉陰空，心頭忽地浮起了您的容顏，於是提筆寫了這封信。

這並不是指您的長相陰鬱。恰恰相反，您映現在我眼前那亮麗的容貌，能將巴黎黯淡的冬景一掃而空。

目前已和兩三位一流設計師見過面，也參加了幾場為社交人士舉辦的獨家時裝秀。無奈的是，即便穿上厚重的層層衣物，一旦走出屋外不到五十公尺就會被凍得叫苦不迭。我衷心佩服那些面不改色地走在街頭的人們，他們耐寒的功力足以媲美愛斯基摩人。

以下列個對照表來比較您和這個國家的中年女士：

	您	巴黎女人
一、美麗程度	9	8
二、威嚴程度	9	10
三、妖媚程度	0	10
四、親切程度	10	0
五、時髦程度	9	9
六、瘋狂程度	9	9
七、純情程度	10	0
	合計56	合計46

根據統計結果，您贏了十分。此處需說明的是，身在異地難免思鄉情切，所

以在美麗程度這個項目給了您略高於實際狀況的九分。

我在莫加多爾劇院觀賞了《風流寡婦》（*La Veuve joyeuse*），不由得想起了您，真希望能與您一同欣賞這部輕歌劇。

冰真間子以前於旅途中寄給山鳶夫的信

我人在志賀高原旅館，來這邊滑雪。這次是興高采烈跟在兒子的屁股後面來的，可怎麼也沒料到，居然在這裡落了連連摔得屁股開花的慘狀哪。

大廳的壁爐裡燃著白樺木柴，感覺很舒服。白色的木材，襯得火焰更加純粹明亮。

陪著這群傻氣的年輕人實在吃不消，不由得想著若是您在這裡該有多好。人在外地，難免變得脆弱了。

您聽聽，這群年輕人的對話多半是這樣的：

「現在幾點？」

「差不多十點……呃，十點五分，剛剛好十點又過了五分鐘。」

「沒什麼好玩的嗎？」

「頭好暈……」

「不睏哦？」

「一點也沒有睡意。」

「那就找點樂子吧！」

「好啊。」

「這麼說也有道理。」

「唉——有沒有可以痛痛快快大玩一場的好主意呢？」

「現在幾點？」

「大概十點半吧……我看看，沒錯，就是十點半。」

「正是這麼回事！」

然後他們就同時捧腹大笑。我壓根不明白到底哪裡有意思了。

您的話中帶刺雖然每每惹人惱怒，但此時此刻我還真想念那些帶刺的話呀！

這群年輕人只講究穿戴時髦，聊天的內容卻沒有絲毫 esprit（機智），像極了在盒子裡碰來擠去的棉花糖。那樣的人生有何樂趣可言呢？雖是我的親生兒子，不免為他感到汗顏。

不過昨晚發生了一件小插曲，稍稍填補了您不在我身旁的空虛。

當時我獨自一人在大廳裡百無聊賴，一位斯文的英國紳士過來攀談。交談兩三句後，我隨即發覺對方是英國人，於是也以英式英語回應，對方聽了既驚訝又驚喜，將我奉為上賓，並且整晚寸步不離，甚至今天一早就守在大廳裡等我起床呢。

只是這樣一來，我反而嫌他太黏人了。

不過，那頭銀髮實在迷人，想必與 tuxedo 相當合襯。

哦，在英國得說是 dinner jacket，見笑了。

炎丈流以前於旅途中寄給空美津子的信

我到了大阪。

此次是隨同劇團前來大阪舉行葉慈的《迪爾德麗公主》公演，我是負責大型道具以及其他事項的幕後人員。

我真不明白，為何這個劇團非要將如此古舊的葉慈詩劇搬上舞臺不可。《迪爾德麗公主》在葉慈的戲劇作品中是最無趣的，甚至比莫里斯・梅特林克[1]的《普萊雅斯和梅洲特桑》還要乏善可陳，簡直是一只布滿霉斑的西洋古董。無論從人物性格、社會背景，乃至於時代影響，盡皆沒有絲毫參考價值，遑論對於今日戲劇的緊急議題，更是毫無助益。

宣傳單上印著N大師誇誇其詞的「愛爾蘭的文藝復興精神」云云。縱使他企圖藉此框列出問題意識，可是觀眾只要看過演出，就會發現整齣劇根本不具備任何問題意識，形同雞肋。那些堂而皇之的文案，不過是用來掩飾N大師的個人取向以及思鄉情愁罷了。

我認為，戲劇必得要撼動民眾的心靈、必得要能點燃民眾的靈魂之火，否則沒有意義。那種宛如一邊悠然品茗、一邊享受著上等的佐倉炭徐徐升起暖意似的戲劇，不配稱為話劇。

我要的是烈焰大火！我要的是狂風暴雨！既然要搬上舞臺，非得是足以促使觀者鼓起勇氣改革現實的戲劇不可！從前弗里德里希・席勒[2]的劇作，就能給民眾帶來這樣的力量。

話說回來，我並沒有天真到認定只要上演席勒的劇作，就可以改變今天的日本。

就這樣，我日復一日手握鐵鎚、渾身沾滿大型道具落下的灰塵，在舞臺的暗

1 莫里斯・梅特林克（Maurice Polydore Marie Bernard Maeterlinck，1862–1949），比利時詩人、劇作家暨散文家，一九一一年諾貝爾文學獎得主。

2 弗里德里希・席勒（Johann Christoph Friedrich von Schiller，1759–1805），神聖羅馬帝國時期詩人、哲學家、史學家暨劇作家，德國啟蒙文學的重要代表人物。

處疲於奔命，連妳的身影都無暇想起。

在東京的時候，我總是被妳的一言一行擾得心煩意亂。像妳這樣不懂得溫柔體貼又大而化之的女性，還真少見。不，不僅是言行舉止，當我們同在東京，卻久久沒收到妳捎來的音信時，那股靜默就成了玻璃碎片般的心浮氣躁，使我難以自持。

妳的存在，總是讓我的背脊刺刺癢癢的，像是去理完髮後的碎髮滑落到後背那樣，扎得人刺刺癢癢的。然而身處異地，這種感覺卻拯救了我的孤寂。

在大阪的這段期間，我並沒有特別走運，也沒有博得青睞，但心裡總是洋溢著寧靜與幸福。那麼，再會了。

夾在賀年卡中預示凶兆的信

冰真間子寫給山鳶夫的賀年卡

新年恭喜。今年也請惠予關照。

山鳶夫寫給冰真間子的賀年卡

恭賀新年。

空美津子寫給炎丈流的賀年卡

新年恭喜。

炎丈流寫給空美津子的賀年卡

賀年。

丸虎一寫給冰真間子的賀年卡

謹賀新年。去年承蒙諸多照顧，今年亦請不吝賜予高見。

空美津子寫給冰真間子的信

剛一開年就給您送來不合時宜的信，懇請原諒。

在收到的賀年卡之中，夾了這樣一封沒有署名的信。信裡的內容令人毛骨悚然。請您在讀完之後，教教我該怎麼辦才好。

美津子小姐：

猶豫著該向妳道聲 Happy New Year 呢？還是 Unhappy New Year 呢？如依妳自由奔放的性格，應該是 Happy。但若考量妳當下的情感狀態，則是 Unhappy 才對。

在新年佳節提起這樣的事，確實有待商榷；不過也因為是一年之始，正是下定決心、重新出發的最佳時刻，對妳未來的人生可謂至關重要。

這封信是想告訴妳，我知道不少關於妳的男友炎丈流先生的不利消息。我只是一個平凡的家庭主婦，同為女人，實在不忍心眼睜睜看著一個純情的女孩踏入虎口，所以有些事非讓妳知道不可。

炎丈流是一匹披著羊皮的狼、是裹著糖衣的毒藥、是穿著華服的痲瘋病人！他是世上一切罪惡的根源，是比田中彰治[1]更可惡的傢伙！

1 田中彰治（1903–1975），日本眾議院議員。踏入政壇前已有多項前科，當選後濫用職務之便恐嚇斂財，繼而引發一九六六年自由民主黨的一連串政治醜聞，導致佐藤榮作首相面臨第一次內閣危機，史稱日本政界的黑霧事件。

任何人見到那張純真的面孔誠懇地講述戲劇理論，都會為之著迷，但他根本是個不可饒恕的大惡棍！

三年來在我的關照之下，他盡情享受著玩世不恭的生活，現在卻大言不慚地說要和妳結婚了。聽到這種話實在令人瞠目結舌，甚至同情起他深藏於心底的自卑感。

我平時在家縫製S服裝公司發包的舞臺服裝，就靠這一點點收入來撫養久病在床的丈夫以及支應孩子的學費，日子過得並不輕鬆。在結識前來收取舞臺服裝的炎丈流之後，兩人愈聊愈投機，不知怎地竟迷了心竅，與他發展成為相當深入的交往關係。

此後，我由著他死纏爛打地索討零花，並用微薄的收入買下領帶喜孜孜地送給他，甚至夢想著等到丈夫病故以後可以和丈流再婚，儘管我們的年齡有著不小的差距。

不怕妳見笑，我相信年輕漂亮又不曾嘗過苦的妳也能理解女人的悲哀，這才不顧羞恥地向妳坦白一切。

求妳、求求妳把我的丈流還給我！請妳行行好吧！年輕漂亮的妳，往後還有很多機會交男朋友，這卻是我這輩子最後一段戀情了。

只要妳看穿丈流猶如惡魔的本性，從此不再理睬，相信以他現實的個性，一定會馬上回到我身邊的。我卑微的懇求就只有這樣了。

這封信的字跡娟秀，草寫的方式也不像是年輕人。我當然毫無頭緒，左思右想也想不出會是誰寫的。

雖然她說丈流先生花言巧語欺騙了我，可我臉上畢竟也長著兩顆眼珠子，什麼事都看得清清楚楚的，實在不覺得他會做出那麼過分的事。

新年時節收到這麼詭異的信，宛如身體裡面發霉似的，真讓人鬱悶。

冰真間子寫給山鳶夫的信

新年伊始就收到空美津子求援的信，說是收到了丈流的年長情婦寄去的恐嚇信，不曉得是否真有此事……不，我的第六感告訴我，這場低俗惡作劇的主謀應該就是您吧？哎，縱使氣憤難平，這樣的手段是否太過陰險了呢？

難道不能採取正面迎戰的方式與對方一較高下嗎？為何偏要使出這般老掉牙、不入流的行徑，虛構一封刁滑奸巧的信文？這種缺乏格調與厚顏可恥的做法，委實令人作嘔。我要與您絕交了。

山鳶夫寫給冰真間子的信

如此嚴厲的指控實在太過分了。我的確說過要試圖阻撓那對年輕人的婚事，但是後來工作繁忙，根本無暇擬定計畫，也就漸漸不以為意，心想正好把這事淡忘了。怎麼可能會在讀到那種杜撰的信時，聯想到我這位涵養深厚、優雅高尚的中年紳士呢？未免太看不起我了！

才過完年，您就出現了老邁昏聵的徵兆，看來距離年老色衰的日子不遠嘍。真讓人憂心。勸您還是多吃些鯡魚卵好補補腦子吧！

丸虎一寫給空美津子的信

親愛的表妹……

太佩服冰真間子女士的眼力了！前陣子看連續劇時忽然靈機一動，決定今年過年要送妳一個紅包，那就是把妳打造成「悲劇女主角」，於是寫下一篇震古鑠今的書信，請香菸鋪的太太幫忙謄寫之後寄給妳。我這麼做並沒有惡意。不曉得冰真間子女士到底是怎麼猜出來的，一下子就識破了是我寄的信，太嚇人了。她請我吃奶油蛋糕，然後一再逼問，我只好全招了。

我騙香菸鋪的太太說這是要拿去電視台參加劇本徵選的投稿，還告訴她這個

「悲劇女主角」——也就是妳的角色——將由美空雲雀[2]出演，那位太太高興得不得了。對不起啦。

冰真間子寫給山鳶夫的信

正所謂物盡其用，人盡其才。我想辦法說服了丸虎一君，讓他寫信給美津子坦承那是他捏造的，好讓她安心。寄信人到現在還沒查出來。絕對是某人故意造假，說什麼我都不認為那是實情。不過，文章讀來虛虛實實，內容真假難辨，讓人有些在意。

2 美空雲雀（1937–1989），日本女歌手暨演員，享有昭和時代歌謠女王的美譽。

英文書信寫作技巧

冰真間子寫給空美津子的信

妳說有位親戚到美國時受過某個美國人家庭的照顧，回國後寄了禮物過去，於是開始了書信往返，卻很煩惱不知道該如何寫英文信。

那麼，在此重新開設一堂通信教育的課外講座吧。

首先申明，寫在這裡都是最具權威的「冰真間子英文教室」不曾講授過的內容，僅提供英文寫作不通順的人一條快速學習的捷徑。

當然，英文信也有近似於文言文的繁複格式，譬如正式會議的邀請函如下，「It gives me great pleasure to extend to you a most cordial invitation to attend the Congress……」意思是：「謹此奉邀　閣下與會。如蒙蒞臨，不勝榮幸……」至

於一般書信，就不必寫得這樣文謅謅的了。

以妳描述的情況看來，只是和家庭友人往來的私信，所以注意以下幾點要訣即可：

一、寫信時盡量避免使用I作為句首

以I為句首會給對方帶來一種壓迫感，顯現出自我中心的人格特質。日文通常使用「收到您的來信讓我很開心」的寫法來取代「我收到您的來信很開心」以示尊敬，這在英文也是一樣的。

二、極力展現喜悅之情

這個原則同樣適用於日文信。即使英文不夠流利，依然能夠讓對方感受到那份感謝與欣喜。尤其西方人在情感表達方面格外誇大，不妨多多使用「most delightful」以及「great pleasure」之類的詞句，絕對有利無弊。

三、在日常瑣事中融入幽默感

舉個例子，在信裡可以這樣寫，「My duckshund[1] is wellknown[2] as a dandy in neighbourhood, whose judge is just reliable.」意思是：「我滿心喜悅地戴上您贈送的飾品，連家裡的小狗都抬頭向我投來欣羨的視線呢。牠在這一帶的狗兒中是最有品味的，眼光精準獨到，值得信賴。」

四、與其講究文法和句構，不如將重點擺在形容詞上

寫信時不需要使用一本正經的複雜結構，在描述事物時盡量添加形容詞的效果更大。英文是最能藉由形容詞來體現國情的語言了。比方在講「How marvellous!」（多麼奇妙呀！）這句話時，若是面不改色且語氣淡定地拉長音「maaarvellous」，單憑這一點就可以確定對方是英國人了。

---

1 可能是 dachshund（達克斯獵犬，通稱臘腸犬）的誤繕。

2 通常寫為 well-known 或 well known。

日本人並不是慣用英語的民族，因此即使用了不合常理的形容詞，對方反倒覺得充滿詩意。例如，平常美國人會用「temperamental」來形容「任性」，但某次我用了「capricious」這個詞彙，在場的美國人無不感到訝異，告訴我「這是個十分罕見的形容詞，語意風雅、古色古香，具有十八世紀的風格，用得好極了！」

我當然明白那是帶點譏諷意味的場面話，不過可以確定的是，這個形容詞在他們聽來是富含詩意的新奇單詞。

所以，如果在信裡提到某個叔叔時，將他描繪成是個「相當capricious」的人，想必會讓收信人讀來妙趣橫生。

五、偶爾故意使用錯誤的文法或拼寫

外國人或是兒童寫的信裡若是缺少了這項特色，就會變得索然無味。舉例來說，當收信者發覺文中有一處「people tells me」這樣可愛的小錯誤時，便會產生一股幸福的優越感。

最令人厭惡的，莫過於文法精準但枯燥乏味的書信了。寫信時最重要的是讓對方會心一笑，尤其外國人更得流露出幾分俏皮的感覺才行。

拿我們來說，日本人看到一個浴衣穿得歪七扭八、坐在榻榻米上不一會兒就兩腿發麻的外國人時，不免覺得逗趣。外國人也是用同樣的視角來看我們的。

六、拋開自己正在寫英文信的意識

多數人覺得自己的英文很差，其實只要把平常腦中的想法寫成一個個英文短句（別忘了措辭禮貌），然後在謄寫時彙整成一篇文章，這樣就完成了。關鍵是，千萬不要套用英語會話入門書裡列舉的那些咬文嚼字的成語和常用句。假如一個會說日語的外國人把「那時候我馬上……」這句話講成「就在千鈞一髮之際……」，不是顯得矯揉造作、趾高氣揚嗎？同一句話，由日本人說來合情合理，可是出自一個外國人口中卻會讓對方覺得刺耳。這在英文裡也是一樣的情形。

一般人總以為套用常用句可以展現英文功力，這是個天大的誤會，通常只讓人覺得賣弄炫耀而已。

綜合以上所述，只要留意這幾點，即可大致掌握英文書信的寫作訣竅。還有，務必盡快回信。全世界最懶於動筆的國民就是日本人了。在美國時我聽到那裡的人抱怨過好幾次，「給日本人寫了好幾封信，卻怎麼也等不到回信，總不至於在生我的氣吧？」

日本人傾向把事情想得太過嚴肅，又特別講究體面，時常固執己見地認定「非得寫出流利的英文才能回信」、「得找個好方法以免自己丟人現眼」，於是錯失了回信的最佳時機。結果時間拖得愈久，提筆的難度愈高，到頭來乾脆放棄與對方書信往來了。

如果覺得麻煩，寫個短短兩三行也可以。舉個例子：

「趁著在廚房等地瓜煮熟的空檔趕緊回信。收到您的來信真的好開心，不禁捧著信讀了好幾遍。我是個從早到晚被困在廚房裡的囚犯，在這裡反覆拜讀您的信時，熬煮醬汁的香氣滲入信紙裡，讀起來更是別有一番風味……啊，地瓜熟了！不好意思，我得衝去關瓦斯爐囉！」

如同上述範例，不妨試著用妳天馬行空的英文練習寫寫看。

我可以拍胸脯保證，只要順利寫出來，必將成為一封魅力十足的信。

那麼，以後有機會再談書信寫作吧。

順帶一提，妳一定要相信丈流君。相信他，並且愛他。這是唯一的方法。女人一旦心生狐疑，會立刻變得面目可憎，對方也就不再愛妳了，懂嗎？

經過偵查揭露事實的信

炎丈流寫給空美津子的信

那封齷齪的恐嚇信徹底激怒了我。經過多方調查，終於揪出罪魁禍首了！可憐的丸虎一君並不是真正的主謀，僅僅是一個代罪羔羊。

不過，現在就揭曉謎底未免太沒意思了，且讓我娓娓道來是如何一步步查出真相的。

丸虎一君在捏造的自白書中提及那封恐嚇信是請香菸鋪的太太謄寫的，我也認為那應該是女性的筆跡。

他雖是妳的表哥，但生性慵懶散漫，怎麼想都不像是有能力策劃出那種陰險計謀的人。

一接到自白書，妳旋即揚言與他絕交，我認為這個決定恐怕過於輕率。不僅如此，在尚未確定事情的真偽之前，妳也一度向我投來懷疑的目光，委實令人遺憾。衷心盼望妳能給予更多的信任。

然而有一件事需先乞求妳的諒解——那天讀完妳拿來的虎一君編造的自白書之後，我在妳面前裝出鬆了一口氣的神情。畢竟那時妳氣壞了，嚷嚷著要和虎一君絕交：

「虎一表哥簡直壞透了，我一輩子都不會原諒他！今生今世不再當他是親戚了！就算他死了，也絕不去參加葬禮！」

因此，縱使內心仍有困惑未解，我判斷當務之急是盡快消除妳的疑慮，讓妳安心。過後，我思考了一個星期左右，決定前去探訪虎一君的公寓了。

恕我冒昧說一句，妳的表哥住在一幢環境極差的公寓。屋簷歪斜，門燈不亮，鞋櫃髒汙，甚至站在玄關即可嗅到廁所的撲鼻惡臭。

我脫下鞋子放進鞋櫃裡，連換穿的客用拖鞋都找不到，只好赤足踩著嘎吱作響的走廊步向他的房間，敲了門。

那時從房裡隱約傳出了尖細的嗓音以及伴奏，毫無疑問是來自電視節目的聲音。

由於遲遲無人應門，我又敲了一次，房裡總算有人不情不願地推開了發出咿呀噪音的三合板門片。

一看到我的臉，虎一君不禁叫了一聲：

「啊！」

下一秒，他沒來得及說句「請進」就像隻受驚的兔子似地蹦回房裡，啪的一聲關掉電視。

可惜一切為時已晚。木板門內只掛著一幅尺寸顯短的廉價門簾。那一瞬，我已從簾子的縫隙間瞥見了電視畫面，就算他關掉也來不及了。

我絕沒看錯，映入眼中的電視螢幕竟然是彩色畫面！繽紛的畫面呈現的是一襲豔紅禮服的流行歌星站在漫天飄落的七彩肥皂泡泡裡面唱著歌。

「哎呀，上回的事多有冒犯……請進請進，裡邊坐！」

倉皇失措的虎一君請我進門，領著我來到房裡讓我背對電視機坐下，自己則坐在靠近房門的地方。我立刻明白了他做此安排的兩層用意。

第一個理由是盡量避免讓我看到電視機，第二個理由則是為預防我動粗而特地挑了個好位置以備隨時溜之大吉。

坐立不安的虎一君連連請我享用花生。只見那個大碗裡堆著滿滿的花生衣，顯然虎一君剛才是一邊觀賞節目一邊搓薄膜吃花生。我伸手探進碗裡，怎麼撈都撈不到花生仁。

找了好半天，總算尋出兩三粒送進嘴裡了。我與他一陣閒話家常，接著不動聲色地告辭了。

就在那一刻，我已經猜出真正的犯人是誰了。

我知道虎一君曾向冰真間子女士多次索要三萬圓。不難推測冰真間子女士終於給了虎一君三萬圓，他便用這筆錢加上原本的積蓄，買下了念想已久的彩色電視機。我的推理絕錯不了。

那麼，冰真間子女士為何不惜豪擲千金呢？

當然是為了讓虎一君接演恐嚇犯的角色，要他寫下自白書。問題是倘若僅止於此，只需要像虎一君信裡提到的那樣請吃兩三塊奶油蛋糕，應該就足以讓他欣然同意了。

真間子女士究竟為什麼甘願耗資三萬圓呢？我認為理由在於虎一君握有她的祕密。

那天回到家後，我隨即翻出真間子女士以前的來信，並與寄給妳的恐嚇信仔細比對字跡。

儘管字體頗有差異，但是包括漢字接續到「の」字的連接線條，以及有顯著特徵的「き」字等處，的確十分相似。雖然僅憑我的眼力不敢說得斬釘截鐵，但我認為假如送請筆跡專家鑑定，結論肯定是兩封信出自同一人之手。

真間子女士被虎一君握有的祕密，會是什麼呢？

說了這麼多，想必妳已經知道了——那個祕密就是，真間子女士便是寫下那封「齷齪恐嚇信」的人！

可是，為何向來渾渾噩噩度日的虎一君會得知那個祕密呢？

根據我的推理，得到了以下的結論：

真間子女士無論如何都想讓虎一君背上這個黑鍋，於是找他去銀座吃蛋糕。那雖是個吃力不討好的角色，但看在香甜可口的奶油蛋糕份上，虎一君當場答應了這項交換條件，並且當著真間子女士的面，在咖啡桌上寫下了那封以「親愛的表妹……」開頭的信。

不料就在此時，一時失察的真間子女士犯下錯誤。由於虎一君慢吞吞地寫了好久，她為了打發時間，囁囁唸著窗外霓虹燈上的廣告詞：

「頭痛就吃舒暢錠……舒暢稱心自是好事，問題是這帖藥會不會下得太猛了呢……」

她錯在不該把虎一君當成個傻愣子。

虎一君一聽，陡然抬起頭來，慢條斯理地問說：

「哦——這帖藥下得太猛？……這麼說，那封恐嚇信是您寫的囉？」

真間子女士頓時花容失色。

真相大白的信

炎丈流寫給空美津子的信（後續）

「……這麼說，那封恐嚇信是您寫的囉？」

丸虎一君一講完，（根據我的推理）真間子女士頓時花容失色。

真間子女士太大意了，沒有提防看似遲鈍的虎一君，卻被他的直覺猜個正著，不由得慌了手腳。

其實真間子女士根本沒有必要坦白「的確是我寫的」，可是我覺得她應該承認了是自己所為，否則以她吝嗇的作風，絕不可能甘願支付多達三萬圓的高昂封口費，資助虎一君買下彩色電視機。

天底下沒有哪個笨蛋會無緣無故豪擲三萬圓，由此可見箇中必有隱情。

所謂的隱情，就是真間子女士愛著虎一君……即使那種情感並不是愛情，至少懷有憐憫之心，乾脆順水推舟地給他央求已久的三萬圓。於是她佯裝說溜嘴，招認「的確是我寫的」，拿出了三萬圓的封口費。這樣一來，整件事就說得通了。

儘管說得通，可是但凡稍有了解真間子女士脾氣的人，一定會立刻駁斥這不是她的行事風格。所以，這套演繹過程是不及格的。

我覺得比較合乎邏輯的推測是，虎一君基於某種因素，偶然察覺了真間子女士就是恐嚇者，並且出示了證據，於是面色發青的真間子女士只好付他三萬圓封口。精明能幹的她終究是一介女子，與其背負「陰險狡詐的女人」的罵名，不如花錢消災來得好多了。

我唯一不解的是，虎一君到底是如何掌握到關鍵證據的呢？

空美津子寫給炎丈流的信

所有的疑惑統統迎刃而解了。

讀完您的來信後，我愈想愈可疑，乾脆直接找上虎一表哥逼問（我是拎著奶油蛋糕去的），總算得知了真相。

事情是這樣的。

真間子女士確實就是幕後元兇。她一時興起，想寫封恐嚇信，又擔心自己的筆跡會被認出來，因此拜託一名年紀相仿的女性友人幫忙。可是謄寫完後以後，原本的底稿不見了。

「對不起，我以為不要了，就把底稿揉成一團丟掉了。」

「沒關係，只要把謄完的信給我就可以了。」

實際上，那名女性友人不僅熱衷於參與惡作劇，還喜歡倒戈背叛。她是某位連續劇編劇家的門徒，經常為師父代筆，對這種事已是習以為常。恰巧下一集劇本出現了被年輕男人拋棄的醜陋中年婦女決定復仇的情節，她一看到那封恐嚇信倏然眼前一亮，「啊，就是這個！」並且馬上就把這封信加進劇本裡面。真間子女士寫的底稿，也被她當作現成的道具了。至於底稿裡的「美津子小姐」和「炎丈流」等等人名，全都事先塗黑了。

這段情節出現在電視劇女主角將那封恐嚇信的人名部分塗黑後，拿去請教一位疼愛她的學校老師自己該怎麼辦才好。那名女性友人將真間子女士的底稿拿給幕後人員作為小道具，並在那一幕安排了信文的特寫鏡頭。

我收到恐嚇信不久，剛好虎一表哥來家裡拜年。那時我急得像熱鍋上的螞蟻，就把信拿給他看。他看了之後建議：

「去找真間子女士商量吧？」

我一聽，馬上給真間子女士寫信求救了。

說起來，遇到那種事的時候，找個散漫遲鈍的人——比方虎一表哥——是最適合的商量人選。因為這樣就不必擔心會被對方看穿了我心裡在想什麼嘛。

過了兩三天，虎一表哥正和平常一樣嚼著花生，有一搭沒一搭地看著電視。

這陣子他愈來愈熱愛電視，覺得看到中意的場景（例如紀錄片裡小豬打呵欠的模樣、正正經經的政治評論家連連打噴嚏的糗態）一閃而過實在太可惜，決定要留下紀錄永久保存，所以手邊隨時備著一台相機。

那一天，他正在看一部不太精采的連續劇。忽然間，螢幕上緩緩出現了兩三天前看過的那封信的特寫鏡頭。他嚇了一跳，還以為自己眼花了。

而且，信裡的幾處人名都被塗得黑黑的，更是看得他心裡發毛。

吃驚的虎一表哥趕緊鎮定下來，及時按下了相機的快門。

他把底片送去沖洗後領回相片一看，覺得好像在哪裡看過同樣的字跡。

他想了好久，直到找出以前收到真間子女士寫的信，這麼一對照，果然是同一個人的字跡，這下又嚇了一大跳。

就在這個時候，真間子女士來了聯繫，約他到銀座見個面。

虎一表哥滿心以為真間子女士是要談她寫的信上了電視的事。按照他的個性，居然能在會面時一直忍著沒主動提起那件事，稱得上相當了不起。至於兩人在銀座見面後，真間子女士請吃蛋糕並且指示虎一表哥寫下偽造信的過程，則與您的推理完全一樣。

不過接下來的發展有一點點不同。

真間子女士雖然面色如土，但很快就鎮定下來，從座位起身並且訓斥虎一表哥：

「別說傻話了！快放進信封裡，我們現在就去投郵。」

虎一表哥隨她走出去把剛寫好的信投進郵筒之後，還是緊緊地跟在她身後。她沒好氣地問說：

「還有什麼事嗎？」

虎一表哥露出得意的笑容反問：

「我這裡有個證據，願意用三萬圓買嗎？」

說著，他從口袋裡掏出了那張相片。

……就這樣，謎底都揭曉了。唯一剩下的問題是，真間子女士為什麼要大費周章做那種事的動機了。

炎丈流寄給空美津子的明信片

萬分慶幸終於沉冤昭雪，還我清白了！我比以前更愛、更愛妳了！至於真間子女士的犯罪動機可說是相當明確——她顯然愛著我。

空美津子拍給炎丈流的電報

傻瓜傻瓜大傻瓜。快和我結婚。

煩惱諮詢信

冰真間子寫給山鳶夫的信

大概是上了歲數吧，近來常收到人們寫信諮商煩惱，例如以下這一封。寄信人是我們英文補習班學生的姐姐。她聽聞我特別具有人道關懷精神，於是來函請教。

冰真間子老師：

經常聽舍妹提起您的大名，十分敬佩。

有件私事想向您請益。我將未來的圖景勾勒得過度理想，以致於遲遲未能收到美好的人生贈禮。

到目前為止，已有十五、六次相親的經驗了，每一回總是由我婉拒了後續的交往。或許是見面時對方敏感地察覺到我並無進一步發展的意願，事情也就這麼不了了之了。

想當年，我可是遠近馳名的高中校花，在學識素養方面不輸男人，在運動方面堪稱網球高手，從花藝到茶道樣樣精通，誰也不相信我年居三十依然小姑獨處，甚至奚落我就是因為太完美了才沒人敢高攀。

每一位男士的缺點、每一位男士的缺乏涵養（某次相親時，當聽到對方大言不慚地炫耀「我愛好鑑賞音樂，譬如林姆斯基—高沙可夫的《天鵝湖》[1]就相當動人心弦」，他話中的錯誤使我忍不住笑出聲來，那場相親也就跟著泡湯了），以及每一位男士的平庸鄙俗，在我眼中全都暴露無遺。括而言之，我始終覺得男人是一種低級且獸性未泯的生物。

話雖這麼說，我一點也不討厭男人喔。日本電影我是不看的，但是外國電影裡溫文儒雅的中年紳士，譬如卡萊．葛倫[2]，卻讓人深深著迷。不過回到真實世界裡，在日本見到的外國人都挺粗魯的，我可沒興趣。

我收過的情書不止數百封，但沒有任何一封能夠打動芳心。

我喜歡像哈姆雷特那樣天性純真、擁有許多苦惱、抱有懷疑與夢想、渾身散發著憂鬱氣息的男士，可惜從來不曾遇見。像那種一開口只聊連續劇的男士，還有話題總是圍繞著皮爾．卡登西服的男士，令人厭惡極了。我到底該怎麼做，才能擺脫這種悲慘的境遇呢？

另外，向您透露幾個小祕密——我對自己的乳房感到自卑，不僅尺寸迷你，而且兩邊一大一小，這讓我非常在意。而且月事也不規律，久久才來一次，甚至曾經長達兩個月沒來報到。

1 此處是指相親的那位男士混淆了兩位俄羅斯作曲家的作品。《天鵝湖》是柴可夫斯基（Pyotr Ilyich Tchaikovsky）創作的芭蕾舞劇，林姆斯基—高沙可夫（Nikolai Andreyevich Rimsky-Korsakov）的代表作則為《大黃蜂的飛行》、《天方夜譚》等等。

2 卡萊．葛倫（Cary Grant，1904–1986），英裔美籍電影演員。

還有，右腿上有顆痣，痣的正中間長著一根不管拔了多少次總又冒出來的毛，真讓人心煩。

想必是我長得花容月貌，這才受到了詛咒，除此之外找不到其他理由了。

……來信內容大致如上，等候您明快的評析與裁奪。

山鳶夫寫給冰真間子的信

閒暇之餘，花些時間探索這類煩惱諮詢具有何種意義，自己亦能從中獲益。謹此報告分析結果。

一、所有的投書狂和煩惱諮詢狂，看似剖白內心或是闡述想法，其實他們壓根沒打算尋求解答。即使暗示某種解決方案，他們心裡也並不服氣。

那些人純粹是從剖白或闡述的動作得到等同於暴露狂的喜悅。在寄出信後，便已獲得七成的滿足感了。

在展讀投書與接受煩惱諮詢之前，務必將這一點銘記在心。這種人屬於熱衷於親自放火後留在火場圍觀的類型。他們先是製造紛亂，然後待在安全的地方好整以暇地看熱鬧。

女性投書狂和煩惱諮詢狂，多半像頭戴寬簷大帽的女人，一方面藉由那頂巨大的帽子來嚇唬人，順帶將自己的表情隱藏在那頂帽子底下。

二、如同絕大多數的這類人，這名諮商煩惱的女士也有一種妄想，誤以為世上沒有一個人不想知道她的私事。

我們沒有義務了解她的私事，說白了，一個陌生人是生是死與我們毫無相干。問題是，她眼中只有自己，而且滿心以為別人對她同樣感興趣。

首先，這種錯覺裡面隱含著她對人們以及人生的天大誤解。即便煩惱諮商信的內容乍看之下通情達理，終究是構築在這種錯覺之上的空中樓閣。倘使她能夠覺察到這個根本上的誤解，或許還有辦法解決其餘的各種人生困境。假如她永遠沒有發現這一點，那就是慘絕人寰的悲劇了。

換句話說，她人生中許許多多煩惱的根源，就潛藏在她向素昧平生的人商量自身煩惱的舉動之中。

三、可以這麼說，那些向人諮詢煩惱的女性，好比不習慣仔細照鏡子的人——她們只記得把整張臉抹得白亮亮的，卻忘了也得幫黑黝黝的脖子上粉。

自我陶醉掩飾了所有的謊言。在這封信裡，她寫的雖是第一人稱的「我」，實際上卻像被附身似地轉換為另一種人格。

她說自己長得漂亮，這句話的可信度大約是六成。自傲的她，一方面表示自己是絕世美女，不僅學識素養兼備，並且擅長運動，一方面又擔心這樣的形容太過理想化，於是在信的最後增添一點真實性。

我指的是提到乳房、月事和痣的段落。這三件事看似為她帶來極大的困擾，其實只是用來烘托「絕世美女並不等於無憂無慮唷」的對比，讀信時千萬不能中計。

那麼，她真正想求助的煩惱究竟是什麼呢？

我認為癥結在於她遭到十五、六名相親對象的全數拒絕。您或許覺得奇怪，信上不是寫著「每一回總是由我婉拒了後續的交往」嗎？請再讀得更深入一些。接下來的幾行暗示著全部都被「對方拒絕」的真相。

其實她自己也隱約發現了這一點，但是不願意讓身邊的人知道實情。

為什麼被拒絕了呢？因為她身上不具備溫柔與自信的和睦交融。女性的真正魅力，在這兩項特質能夠自然且和睦地交融在一起。然而，男士一眼就識破她內心的不平衡了。

生病慰問信

空美津子寄給炎丈流的明信片

我聽到一件消息。冰真間子女士惡有惡報，感冒症狀加重轉為肺炎，正在住院。可是上回的事心裡還有芥蒂，我實在不想探病，但又說不過去，到底該怎麼做才好呢？

炎丈流寫給空美津子的信

若是不想探病，不妨寫封慰問信。她喜歡與人通信，妳就送去一封彬彬有禮、無懈可擊、堪稱範本的慰問信。如此一來，既不失禮，她也應當能從鄭重其事的慰問信中，嗅出一絲不尋常的味道。

空美津子寫給冰真間子的信

久疏問候，還望見諒。

聽聞住院，十分錯愕。據說是由感冒轉為肺炎，所幸高燒已退，這才放下心來。今年冬天格外嚴寒，令人難捱，然而當向來健康的夫人住院的消息傳來，仍是難以置信。

想必是平日過於繁忙，請藉此機會好好靜養。最重要的是，在完全治癒之前，暫且別掛心補習班的事務。

聽說天天都有學生前往探望，讓您不得清閒，也就不便打擾。請務必保重玉體。敬祝早日康復。

美津子　敬上

山鳶夫寫給冰真間子的信

趕到醫院一看，說是謝絕探病，不禁吃了一驚，接下來的一兩天根本無心工作（這個形容有點誇大了），聽說今天已經退燒、度過了關鍵期，總算讓人鬆了口氣。原本應該馬上再去探病一趟，無奈手邊的生意忙得不得了，何況去和恢復精神的您相見，想必兩人又要如同往常一樣脣槍舌戰，萬一您又被氣得發起燒來可就不妙，還是寫信為宜。

對我來說，說什麼都不能讓您這樣一位惡毒的女人死了，請一定要長命百歲。我過去認識以及愛上的女人，即使看似蛇蠍美人，其實都是善良姑娘，每每使我大失所望，美夢幻滅。您是我遇見的第一個真正陰險的女人，而這樣的女人令我迷戀不已。與此同時，我深怕您其實心地善良，使得美夢再度幻滅，所以一直以來盡量與您保持距離，小心呵護我心目中「完美壞女人」的形象，和您維持著不談情愛的友誼。

誰想到這個壞女人居然罹患肺炎，連盤尼西林特效藥在女妖的體內也不奏效，甚至鬧到得住院治療……聽到這樣的消息當然令我震驚。所幸罪惡天使依然站在您的身後，病情很快就好轉了。總而言之，恭喜康復。

往後可別再當自己是金剛不壞之身，在精心保養容顏之餘，也要同樣注重健康。祝福您繼續致力於將壞女人的惡毒之氣拂掠大地。

又，我請百貨公司送去的床邊玩具，中意嗎？

冰真間子寫給山鳶夫的信

哎，從外表還真看不出來，您竟是這樣一位心地善良的大好人哪！借您的話來說，這可讓我美夢幻滅了唷！

人不舒服的時候，能夠相知相惜的也只有上了年紀的同輩友人了。您甚至特意送來了床邊玩具，實在感謝。不過，那隻塗口紅抹眼影的青蛙上完發條後，會不停地吸著啣在嘴裡的那根菸並且吐出菸氣，是什麼意思？居然能找到這般挖苦人的玩具，真服了您。

這回生病住院，無疑是晴天霹靂。

我長大以後就不曾住過院了，也因為這樣，精神上備受打擊。尤其平時總讓我煩心的那兩個上大學和上高中的兒子，卻在我這次住院前後展現了能幹的成熟樣貌，使我不由得露出了軟弱的一面（當然了，只是一時的軟弱而已）。讀高中的兒子頻頻為我更換冰枕，讀大學的兒子則在奔忙一陣之後總算張羅到了單人病房。我心裡不是不明白，他們大抵是擔心我死了以後，零用錢就沒著落了……不過，在病況加劇的那兩三天裡，他們的悉心照料，以及裝出憂心忡忡幾近掉淚的模樣，也喚醒了我久違的母愛。原以為自己身上沒有絲毫母愛的光輝，沒想到其實挺有這方面的魅力呢。只可惜我高燒一退，上大學的那個兒子就迫不及待和女性朋友相偕滑雪去了。

這事先說到這裡。我收到空美津子的慰問信了。我把它附在信裡，您也讀一讀吧。

不覺得那封信有點蹊蹺嗎？

相較於您文情並茂的慰問信，我一向疼愛有加的她，居然僅僅寄來這樣一封信？

的確，那封慰問信從形式到禮儀都十分周全，可是細讀之下，卻隱隱透出一股冷冰冰的氣息。特別是「請藉此機會好好靜養」那句話，如果往壞的方面想，不也含有「別在那裡占用病床啦」的反諷意味嗎？這樣的解讀沒有任何憑據，也不是信文格式出了問題，純粹是我基於第六感的判斷——這封慰問信缺乏「誠意」。

她果真「這才放下心來」嗎？假如把前面的「所幸高燒已退」那句話遮住，再將前後文兜起來，可就變成了「據說是由感冒轉為肺炎，這才放下心來」。

依我的第六感，那女孩似乎對我懷有恨意。也不想想我對她是多麼關懷、多麼照顧哪！

若非如此，她總該在慰問信裡添上幾筆，表達溫馨的關懷。舉例來說，至少得像這樣帶點責備的語氣給我灌灌迷湯：

「您不可以仗著身強體健，把自己給累壞了。萬一夫人有個三長兩短，深愛著您的人們該怎麼活下去呢？請替我們想想吧！」

炎丈流君居然和如此冷漠無情的女孩談戀愛，簡直瞎了眼！

懷孕知會信

空美津子寫給炎丈流的信

這種事其實應該見面詳談，但想了很久，還是決定寫信。我不希望被您看到臉上的表情，更不願意提心吊膽等著您當下會有什麼樣的反應，因此，唯有寫信，才能直接告訴您這個消息。

事情是這樣的，我懷孕了。

要是您讀到這裡，心想「哎，不想再讀下去啦」，請儘管撕掉這封信把它扔了。

我心裡明白，當一個女人說出這句話時（前提是她未婚），不論擺出多麼可愛的姿態、擠出多麼可愛的聲音，看在對方眼裡，也不過是個死皮賴臉的女人而已。那樣的結果是我所不樂見的。

您還記得某天我們在新宿的咖啡廳聊天時，鄰桌坐著一對氣氛嚴肅的情侶吧？

身穿一襲散發著村姑氣息洋裝的女生年約二十，貌似平庸上班族的男生差不多二十四、五歲。女生不停地啜泣，格外介意周遭眼神的男生則板著一張臉，時不時嗓門略大地不耐煩訓道：

「夠啦，再哭也沒用啊。話說在前頭，那不關我的事喔！」

我們並非刻意偷聽別人的交談，只是無法當作沒聽見，不由自主地豎起耳朵往下聽，可是聽了以後拿來討論肯定會被他們聽到，但光是使眼色又無法充分交換意見……兩人不知道該怎麼辦，最後只好離開了咖啡廳。

走在街頭時，我問說：

「不曉得他們在談什麼，談分手嗎？」

「嗯，好像是，似乎和小孩有關。聽起來像是女生說了『我懷孕了，你得娶我』，於是兩人起了爭執。」
「是哦，那麼嚴重呀？男女之間為了芝麻小事起爭執，真是的。」
「那可不是什麼芝麻小事。」
您這樣說完以後，就不再繼續那個話題了。我卻感覺胸口悶悶的，沒辦法將那件事拋到腦後。
我知道不該看輕那對不清不白的情侶，只是覺得他們缺乏人生智慧，而且同為女人難免有些忐忑，只好這樣自我安慰與打氣：我才不要變成那樣可憐兮兮的，更不想在大庭廣眾面前掉眼淚呢！……沒事沒事，我絕對不會落入那步田地的。
您也曉得，我不是那種自視甚高的人，若說比別人多了幾分聰穎，頂多就是懂得「再怎麼聰明伶俐的女人，也總會在某種情況之下變成一個無可救藥的大傻瓜」。女人即使不能忍受自己變成那副模樣，仍舊難以逃避變成那樣的命運。因為女人的心情不是由內部自然抒發的，而是從外部強制產生的。歇斯底里的女人總是打從心底認定，自己的歇斯底里絕不是自己的過錯。

……所以，當我得知自己懷孕時，最擔心的是自己會出現什麼樣的反應。我無法接受自己哭哭啼啼地糾纏您。

只要不見面，把想說的話寫在信裡，就沒有那麼難為情，可以想寫什麼就寫什麼。

每個月該來的沒來，不禁有點擔憂，只能安慰自己應該不至於。當然，心裡不是沒有恐懼，但奇妙的是，當這件事發生在身上時，竟覺得自己像是中了大獎似地，相當不可思議。

不過，我不想讓您一起操心，所以在您面前總是裝作無憂無慮的樣子，這一點您可得好好稱讚我喔。

日子一久，我愁得連覺都睡不著，心想一個人去看醫生就不會被別人發現這樁祕密了，無奈提不起勇氣，也沒有認識的婦產科醫生，甚至曾經在車站前那家婦產科醫院門前徘徊了很久。

醫院圍牆邊種著一排丹桂，花香濃鬱，我想像著若是踏進這家醫院，恐怕會被這股香氣給激得反胃，這麼一想，突然起了一陣噁心。

我只得掏手帕捂住嘴，一路跑回家去了。

後來找了口風最緊的同學N子商量。就在昨天，她帶我去了醫院。

真的羞得想死，幸好看診的是一位女醫生。

「妳懷孕了，絕對錯不了。」

女醫生背對我以紅色的消毒液洗手時，用公事公辦的語氣告訴了我。我覺得自己彷彿挨了一頓責罵。

……經過一夜思考，我寫下這封信。

或許您認為我這些日子心慌意亂卻將您蒙在鼓裡未免太見外了，可是我不希望拿還不確定的事來嚇唬您，反正這種生理變化的祕密是男人無法體會的，我實在不想看到您露出「身為孩子父親」的擔憂表情。

原本只打算冷靜地報告事實，只報告事實就好，沒想到居然寫成了一封又臭又長的信。這麼看來，我也不過是個庸俗的女孩子而已。

不過從另一方面來看，這封信使我勇氣百倍、鬥志昂揚，不曉得您能不能體會這種心境？但是，這絕不是一個厚臉皮的女人認定「這下一定可以結婚了」的見獵心喜。

就像我們在名影劇場一起看過的那部《蘭閨春怨》[1]裡的劇情一樣，我很清楚奉子成婚會如何毀掉男人的一生、又會如何讓女人淪落悲慘的命運，所以從沒想過要強迫您結婚。

如果您是基於義務感或道義感或責任感而和我結婚，恕我婉拒。哪怕有一丁點是為了孩子而不得不結婚，倒不如不結來得好。

無論如何，我都會生下這個孩子、養育這個孩子。儘管孩子還沒出世，我心中已經湧出了百倍的勇氣、昂揚的鬥志。我絕對不會拿掉這個孩子。我也不會給您添麻煩的。

我只是想把和您的愛情、與您的結婚計畫，當成非常美好與清新的回憶，收藏在心底。說來矛盾，有孕在身的我雖然痛恨這種源自動物本能的悲劇，但如果在面對這種源自動物本能的悲劇時，您能夠心無芥蒂一如往常地愛著我、與我結婚，不知該有多麼幸福。我一定會成為世上最幸福的女人！請務必回信喔。我現在不想見到您，請來信答覆。

---

1 《蘭閨春怨》（*Come Back, Little Sheba*），一九五二年上映的美國電影。

男人獲知懷孕消息後的示愛信

炎丈流寫給空美津子的信

我從未像這樣愛死了妳的來信，忍不住捧著信親了又親。假使是楚楚可憐地哭訴哀求的信，我絕不會如此深受感動。妳的信，是一封冷靜敘述懷孕的事實、並且盡力減輕或許造成我心理負擔的信。也因此，信中的用字遣詞顯得特別冷靜，也過於理性了。然而，正是這樣的信，蘊含著無盡的沉默愛意。那是宛如閑靜的冬陽徐徐捂暖身體和心靈的愛意，那是猶如沐浴在暖陽下、最令人思念的美好孩提時光的愛意。

衷心感謝妳以寫信告訴我這件事情。倘若是見面親口告知，我們必定會盯視著彼此面部每一個細微的表情變化，從而產生不必要的臆測和猜忌。這也是我努力壓抑著奔去見妳的渴望，僅以信文回覆的理由。

請務必排除萬難，生下我們的孩子！

我們還年輕，也很健康，沒有道理養不起一兩個小孩。一想到自己當上父親了，比起責任感，我更感受到終於在人生道路和社會上站穩腳步的強大自信。

這絕不是情緒性的發言。那種把孩子視為重擔、只顧追求自我的自由和快樂的作為，不過是受到末期資本主義式的享樂主義所荼毒的可悲奴性情感。

想玩的時候，只要夫妻倆揹起襁褓中的孩子一同出門就行了。我曾在某天半夜兩點多去看深夜播映的情色電影時，目睹過一對揹著襁褓稚兒前來觀影的年輕夫妻。雖然當時的我對他們充滿鄙夷。

什麼都不必擔心，一切都不必多慮，也不必去想日後或將懊悔，儘管撲進我的懷裡吧！當然，我不願意讓妳過著沒名沒分的同居生活，今天就會寫信稟報住在鄉下老家的父母。

家父母一直反對我太早結婚，現在他們沒有理由反對了。

炎丈流寫給空美津子的信（一星期後）

昨天請妳和家父母見面，心裡很過意不去。他們不善言辭，但心地非常善良，唯有一點令人為難，那就是他們實在無法理解都會人士的想法。

我很希望能在眾人的祝福之下結婚，所以才會安排妳和家父母見面，可惜這個舉動稍嫌輕率了。

他們一接到我的信，忙不迭地從鄉下趕了過來。我在信裡寫的是「有孩子了，我想結婚」，他們似乎把這段話的意思理解成我鑄下大錯了，於是急急忙忙趕來，一見面劈頭就罵：

「你居然闖了這等大禍！」

兩人氣得想揍我一頓似地，不斷咆哮著我糟蹋了好人家的千金小姐、這輩子該拿什麼臉去見對方的父母云云。

我連忙使出懷柔政策，帶他們去新宿吃烤雞肉串。他們在享用美食的時候連聲誇讚「好吃、好吃」，見到他們喜眉笑眼的神情，我總算放心下來。豈料一吃完飯，他們又開始數落起我了。

翌日早晨，我帶著他們一起出門上班。這是他們頭一次搭乘由我操作的電梯，眼前的富麗堂皇令他們目瞪口呆，連踏進電梯時都是躡手躡腳的。

沒想到搭了一趟之後他們居然搭上癮了，從地下三層搭到地上九層來來回回超過二十趟，其間始終緊貼在我的背後。習慣之後便不顧滿電梯都是人，自顧自地扯著嗓門朝我吼道：「給我捅了這麼大的婁子，真欠揍。」「得登門向人家好好賠罪才行哪。」惹得其他顧客紛紛竊笑。

我敢怒不敢言，十分無奈。家父母之所以不肯離開電梯，為的是對我貼身監視。某一趟恰巧沒搭載其他顧客，電梯裡只剩下我和父母三人，結果老爸脫口迸出一句：「這棟大樓的美女還真多哩。」頓時把老媽氣得暴跳如雷，夫妻倆就這麼吵了起來。我終於忍無可忍，把他們推出了電梯。

當晚，我刻意遲歸，沒想到兩人都醒著等門，堅持明天非見妳一面不可。我問他們見了面要做什麼？他們說只是要向妳道歉。我反駁說道什麼歉，她可是我的妻子耶！結果老爸氣得雙手直顫，點菸時不慎燙了手。

這就是和妳見面時，老爸手上紮著層層繃帶的緣故。

家父母一見到妳，首先訝異於妳的漂亮和可愛，而更令他們驚訝的是妳無所畏懼的態度。

在見到妳之前，他們想像的是一個慘遭兒子毒手而哭哭啼啼的被害少女。在聽完妳眼淚汪汪的控訴之後，他們將不惜下跪謝罪以乞求原諒，接著隨妳回家向令尊令堂致歉兒子的行為不檢。如果令尊令堂表示「請一定要娶小女」，他們會回答「感謝令嬡不吝下嫁」。以上就是他們腦中的劇本。

可惜，家父母到了這個歲數，依然不明白天不遂人願的道理。

他們先是對妳沉著的態度感到錯愕，接著在聽到嫣然一笑的妳冷靜地坦然直言「是的，這是我們的孩子」的時候簡直嚇壞了，以為妳若不是個瘋婆娘，就是個糟糕透頂的不良少女。

火上添油的是，當他們表示想親自向令尊令堂致歉時，竟又遭到妳的斷然拒絕。

事態演變至此，家父母徹底失去了方寸。妳的體貼、妳的關懷、妳的堅毅，全部適得其反。他們無法領略妳的深意，只懂得淺薄固陋的多愁善感罷了。

和妳道別後不久，他們便匆匆收拾行囊，默默返回故鄉，並於今日上午拍來這樣的電報：

「絕不許結婚。」

雖是事與願違，也只好這樣了。

妳我都已成年，不需要父母的同意也能結婚。原本希望得到大家的祝福，看來只是我的一廂情願。

既然如此，我們現在就去區公所登記結婚吧！

陰謀自白信

冰真間子寫給山鳶夫的信

這封信是寫給您這位朋友的真心話。我一直相信我們之間的友誼，只不過那是建立在互相欺瞞、說些無傷大雅的假話，以及同樣以此為樂的謊言之上。然而這封信是給您，我真正的朋友、我身邊包括所有同性和異性在內絕無僅有的真正朋友看的。

在展讀之前，請先將這個前提放在心裡。

現在，我要向您坦白，給空美津子寄信中傷炎丈流的始作俑者就是我。我託人幫忙故布疑陣，最終找到丸虎一扛下罪名。只是後來不得不資助丸虎一購置彩色電視機，但那是後話了。

說到這裡想必您已經明白，我是打定主意要破壞炎丈流和空美津子之間的感情。不是逗著他們玩的，而是非拆散他們不可。

無庸置疑，那是因為我愛上了炎丈流。

其實我一向厭惡那種話劇青年的類型，也沒和他說過幾次話，不知為何愈來愈在意這個人。那居心叵測的智慧、憤世嫉俗的神情，是正值青澀年紀的他所無法自理的糾結線團，我渴望親手為那充滿矛盾、卻又別具吸引力的線團一一抽絲剝繭。

如果您覺得這種解釋十分偽善，那麼換個說法：我漸漸喜歡上他那彷彿刷上一層透著陰鬱青春的透明漆的臉龐，這樣您是否就能理解呢？再加上他的身體線條不帶有任何稜角，渾身散發著如夢似幻的青春氣息，讓人忍不住想將他輕輕摟進懷裡。

我完全無法忍受他瘋狂地愛著空美津子。

即使無法讓他愛上我，至少得想辦法讓他不再愛著美津子，這樣就夠了。

可是結果呢？我竟然弄巧成拙，那封信反而更加堅定了丈流和美津子的愛情，甚至美津子還懷孕了。兩人不顧父母反對，眼看著就要結婚了。

這個消息是丸虎一告訴我的。自從終於買到彩色電視機以後，他忽然搖身一變，成了判若兩人的機靈鬼，更是為我刺探情報的得力助手。

根據丸虎一的線報，丈流帶美津子去見過父母了，不喜歡這個女孩的老人家憤而返回位於茨城的故鄉，而丈流也賭氣地表示兩人一定會結婚。讓丸虎一想不透的是，炎丈流嘴上說得義正詞嚴，可是到現在還是沒有說到做到。

但是，我能夠體會丈流的心情。別看以話劇青年自居的他面露走在潮流尖端的傲氣、身穿走在潮流尖端的衣裝，滔滔不絕地大談先進的戲劇論，其實那個年輕人的內心依然是一個木訥寡言的鄉下小孩，終身大事還是希望得到父母的允諾。這種充滿衝突的不平衡，正是他的可愛之處呀！

他的心底藏有土氣未脫的靈魂，除非能在父母的祝福之下舉行婚禮，否則無法心滿意足。我就是想利用這個弱點，讓看穿他本性的美津子大失所望。

所以，我需要您這位朋友的鼎力相助。我想請您去趟茨城拜會丈流的父母，對他們說些美津子的壞話，盡力阻撓這樁婚事。

至於要送給丈流父母的禮物以及相關費用，全都由我支付。

如果可以，希望您登門求見時假裝自己是包養美津子的金主。

這是我最懇切的哀求，請務必幫這個大忙。只要能夠如我所願，我願意答應任何條件。

我無論如何都要把這個死死黏在我身上、心上的蜘蛛絲似的東西給撣除乾淨。假如我無法得到意中人，那麼他也必須和我一樣痛失所愛。

不僅如此，他還必須和我一樣再也無法相信別人的真心。這麼一來，就會大大減弱了他的吸引力。

因為，誰都不會愛上和自己完全相同的人嘛。

山鳶夫寫給冰真間子的信

哎，這真是一封令人震撼的信，沒想到冰真間子女士竟然說出了真心話！您的魅力就在於說謊時面不改色，如今發現您是和我一樣正直誠實的人，那份魅力頓時少了一大半呢。

非但如此，您居然迷戀上年輕的男人，落入所謂「中年婦女春心大動」的俗套，卻又對這段姊弟戀缺乏信心，不敢奢望得到對方的愛情，於是退而求其次，只盼換得對方的憎恨。

畢竟憎恨也屬於某種在乎，總比漠不關心來得好。

既然要斬斷自己的愛意，那麼也得斬斷對方的戀情。這樣才算公平。

表面上看來，傷害無辜的人簡直是惡魔的行徑，但是愛情本就沒有善惡之別。如同兩個人在濃情蜜意時形影不離、感情變淡後漸行漸遠，這段愛情的局外人也有兩種方法來表達情意：和平模式是促成小倆口結為連理，戰鬥模式則是卯足全力棒打鴛鴦。依您的戰鬥性格，自然是選擇了後者。

話說回來，撰寫中傷信的計策頗具大時代的浪漫主義，真像十八世紀的蛇蠍女子呢。

不對，我可沒空在這裡高談闊論愛情哲學。

眼見大火猛烈燃燒，身為消防員得趕緊採取侷限火勢作業，防止災情擴大。

我可不像您還有談情說愛的閒情逸致，目前正忙著準備夏季的時裝秀，亂成一團的家裡又是貓又是剪刀又是紙型的，根本沒那個閒工夫大老遠地跑一趟茨城。不過，既然是您親口交辦，自當接演這個空前絕後的反派角色。但請別忘囉，我之所以一口答應下來，完全是因為太喜歡您了。

我會備妥許多能讓鄉下老父母眉開眼笑的禮物，精心飾演一個被年輕貌美情人空美津子小姐拋棄的中年小富翁的悲情角色。

順利的話，我會把炎丈流的父母一起帶來東京，讓他們把那個棘手的年輕人拎回鄉下扔進地牢裡關一輩子。一切就靠我這高超的政治手腕了。請放心，必將不負所託。草此。

多管閒事的信

山鳶夫寫給空美津子的信

可愛的妳一看到是我寄去的信，很可能以為又是滿紙荒唐言，連拆都不拆就直接丟進廢紙簍裡，但我保證這封信對妳絕對有益無損，請一定要讀完它。

不瞞妳說，某人委託我破壞妳的幸福，而我遲遲拿不定主意該不該那麼做。或許妳想問為何要那樣對待妳？只能說是為了報復妳曾經甩掉我。一旦傷害了男人的自尊，就會受到因果報應喔。

原先的計畫是由我這個大忙人假扮成包養妳的金主，不辭遠路前往炎丈流君的老家懇求「把心愛的美津子還給我」，他的父母必定驚詫萬分，從而讓你們的結婚化為泡影。

經過一番深思熟慮，我發覺自己雖然很喜歡扮演惡魔，但是不願意當個可悲的惡魔。

在這場戲中，難道沒有更像樣的角色嗎？難道沒有更帥氣的角色嗎？我於是心生一計，決定背叛委託人，選擇滿足私慾。我想到的辦法是由我一個人包辦反派和正派角色。這樣不僅能讓妳得到幸福，同時也對得起自己的良心，正可謂一箭雙雕。

反正那位委託人擁有非常強大的精神力量，就算遭到背叛也不至於輕生。

我改寫了整份計畫。

我決定扮演妳的大學教授，一個平庸的學者。

這項新計畫需要施展設計師的才華來打造出這樣一位大學教授——名不見經傳、受到部分女大學生基於同情的喜愛、食古不化、有良心、和平主義者，換言之就是反應遲鈍、有小聰明、膽小、自私……總之像這樣乏善可陳的大學教授應該多得是吧。

為了化身成目標人物，我連西裝和領帶都格外講究，專程去舊衣鋪買回一套符合設定條件的西裝，甚至刻意拿粉筆在外套的袖口抹上一些白痕。

接著我搭上火車，一路搖搖晃晃地抵達丈流君的故鄉，造訪了他父母家。房屋雖不是豪宅，但貌似地方上的有力人士，這下我總算明白為什麼丈流君雖未接受父母的金援，但依然能夠從容地住在東京一心鑽研左翼話劇理論了。擁有堅強後盾的人最是無所畏懼。

他父母都是非常善良的好人，其善良的程度幾乎讓人擔心。但即使是如此善良的鄉下人，也可能和惡質民代有所勾結，千萬不可大意。我懷著奮勇向前的決心求見，表示事關府上的公子，他們馬上讓我進去了。

為避免日後的麻煩，我並未輕率地製作假名片，僅以口頭表示自己是妳母校的英文教授就博得了對方的信任。剛一坐定，戰戰兢兢的他們便等不及地開口問道：

「請問小犬是否犯了錯呢？」

我不愧是一名傑出的演員，隨即答道：

「不不不，令郎在東京相當出色，自食其力，在話劇界亦是受到矚目的明日之星。他擁有時下年輕人少見的毅力。而且他十分孝順，總是掛心父母，表面上反駁，其實一舉一動無不遵照父母的意旨，真是惹人疼愛。像他那樣孝順的年輕人實在少見。我相信將來他一定會成為引領日本劇壇的風雲人物。」

他父母聽完這番話，儘管心裡樂不可支，仍然忍不住抱怨：

「哪兒的話，小犬不成材，前些日子才——」

我打斷他們，搶先說道：

「——那件事我曉得。空美津子小姐是我的學生，與她家人同樣往來密切，所以才會知道那件事。我和丈流君也是透過美津子小姐認識的。這回恰好受邀到附近的N市演講，有幸來到貴寶地，不能說是順便，總之一定要拜會二位並且說明整件事的來龍去脈。我從美津子小姐還是少女時就熟識了，她是個心地非常善良、文靜嫻熟的女生，不過缺點是喜怒不形於色，外表看來像個什麼都不在乎的現代女孩，實際上內心充滿熱情，並且面對事情總能謹慎地做出冷靜而正確的判斷，是個相當出眾的才女。她不僅學識與素養兼備，也有一手好廚藝。日前二位前往東京時，她已精心準備一桌好菜款待，只是二位很快就離席了，她相當難過，還來找我商量該怎麼辦才好。」

我刻意不提及腹中胎兒的事，只逐一列舉足以佐證妳心地善良的小故事。還有，我知道要是把懷孕一事歸咎於丈流君，必定會引來他父母為自家兒子強力捍衛，所以暫且按兵不動，等到他們對於未婚男女發生關係之事語帶微詞的時候，這才予以回擊。

終於，他父親提到了我等待已久的話題：

「教授，您的話我都聽明白了，這麼說，並不是那位小姐勾引小犬，做出了那種……那種……那種……連孩子都懷上了的事吧？」

我見機不可失，趕緊說道：

「不可能！她絕不是那種會勾引男人的壞女人，而令郎同樣不是會勾引女人的壞男人。他們只是愛得太深以致於一時沖昏了頭。令郎一得知消息就決定要結婚，這種勇於承擔的氣魄是當今少見的。現在的年輕人遇到同樣的情況，多半會顧左右而言他並且推託責任，簡直是無恥之徒。請問伯父教導過令郎要成為那種無恥的男人嗎？」

「不，我不會那樣教他的！」

「那是當然。對於令郎此時勇於承擔的氣魄的肯定與否，難道不是關乎丈流君這一生能不能建立起男人自信的重要時刻嗎？更何況美津子小姐的人品有我這個老師為她做擔保！」

那一晚，他們不僅招待了豐盛的家鄉菜，還非讓我留下來住一晚不可。翌日早上，他父母終於給了我昨晚苦苦央求的那封信，而且還是用墨筆寫在宣紙上的。這下妳可以儘管放心了。

隨信奉上這份證書。別忘了給我一個吻作為回禮喔。

「本監護人同意婚事。

此致

炎丈流、空美津子

炎嚴太郎、炎律子

〇年〇月〇日」

遭受背叛的女人暴怒的信

冰真間子寫給山鳶夫的信

你卑鄙的背叛行徑，已經一字不漏地傳進我耳裡了！任何辯解、任何搪塞統統沒用！丸虎一已向我報告，炎丈流欣喜若狂地奔去告訴他你特地去故鄉說服他父母了。心思縝密的你甚至在空美津子的陪伴下也去拜會了她的父母為兩人求情順便圓謊，以免假冒大學教授的事被拆穿，終於讓這件事得到了可喜可賀的圓滿結局。

我怎麼從來不知道你居然擁有人道關懷精神和慈悲心呢？不，你既不是人道主義者，更不是活菩薩，這一點我清楚得很！

你不過是個低賤下流的中年男人，為了博取芳心而蓄著小鬍子，並且靠著那撮小鬍子自詡為服裝界裡寥寥可數的男性設計師，其實看上去活像是一支可嘆又可悲的胃功能欠佳的電線桿！

就算裝成精明世故的都市人，依舊無法掩蓋你那股濃臭的土包子氣息。小時候從地上撿到生栗子就扔進嘴裡咬得咔咔響，現在居然學人家吃起糖漬栗子的高級甜點？你沒有昂首闊步的勇氣，只敢在狹小的洋裁店裡像帝王蟹那樣側身躍步，還故意稍稍擦撞那些來買衣服的欲求不滿太太們的肩膀同時輕呼一聲「哎呀，夫人，抱歉了」。年紀一把了，卻專做這種近乎精神上情夫似的舉動。你打從一開始就沒有一丁半點設計才華，純憑能說善道的本事上位，你根本是設計界的討厭鬼！

你心裡只存在著嫉妒別人的幸福、以欺負弱小為樂的小惡魔般的靈魂，現在卻忽然做起慈善事業，簡直讓人笑掉大牙！

身為設計師，即使對其他事物一竅不通，至少總該具備鑑別每個人的衣著合襯與否的品味，可是你連自己到底適合穿什麼衣服都不知道，不過是個老糊塗罷了。

如此荒腔走板的你竟然背叛了我，無情踐踏了我不顧顏面的懇求，頂著一張人道主義者的面孔促成那兩個年輕人結為夫妻，這一切偽善真讓人想吐。

你和我有仇嗎？一直以來把你視為至交的我真是個大傻瓜。我看走了眼，滿心以為你至少是和我同樣程度的「壞人」，所以才把你當成朋友的。沒想到你是比我壞十倍的大惡人，換句話說，你根本是個不折不扣的人道主義者！

假如實在無法破壞那兩個年輕人的感情，由今天開始，我會把炎丈流和空美津子從腦中抹去，從此一心一意地恨你……不，恨你還抬舉你了，我將永永遠遠看不起你！

你這個惡劣的變態（同義詞：人道主義者），這輩子休想和我有任何瓜葛！

山鳶夫寫給冰真間子的信

您那美麗的姓氏「冰」突然被如烈焰般的怒火燒融，不僅化為水，還變成了滾燙的沸水，實在令人咋舌。我不會生氣您的口出惡言，不過，我也不會道歉喔。

坦白說，我完全沒有必要向您道歉。

多虧您的啟示，才讓我動了背叛的念頭。所以遭到我的背叛，也只能說是您自作自受。

當我在來信中讀到您表示「陷害炎丈流的那封信其實是我寫的」的那段自白時，心裡出現一股厭煩的感覺。認識那麼久了，那一刻可說是我第一次聽到您的「心聲」。

您說出了真相。您不顧顏面地向人剖白了「真心」。哎，這讓人太厭煩了，難以忍受。多年以來，我們的友誼是建立在難能可貴的欺瞞謊言之上，我們彼此留意著不讓那煞風景的真實掃了興致，不是嗎？

結果呢？您居然正經八百地坦承自己愛上人了、對方居然是個乳臭未乾的話劇小子、您居然就這樣說出了自己的心意？最嚴重的是，您坦承的對象居然是我？這樣不是破壞了我們用心維繫的一切嗎？

就在那一剎那，我恍然大悟。

我嫉妒了。

我這個早已練就一身鎮定自若功夫的土包子，我這個處事圓滑精明世故的中年男子，竟然嫉妒了。

這是怎麼回事？這個意外的發現令我不知所措。要我凝視心懷嫉妒的自己，比要我凝視自己被拍成了醜八怪的照片還要難受。可是當我強迫自己非得凝視自己時，赫然發現了不曾察覺過的內心悸動——我，好像愛著您。

怎麼可能有這種事！我會愛上那個歇斯底里的中年大嬸（對不起）？長久以來，我們一直只是朋友，我們一直維繫著單純的友誼，不曾有過絲毫男女之情啊！我怎會愛上那個以上流人士自居、以貴婦自居的教英文會話的大嬸（對不起）呢？

我幾乎無法原諒自己。然而，愛情就是愛情，嫉妒就是嫉妒……

任我再怎麼否認，那種情感就像玻璃缸裡的金魚，一目了然。

我立刻下定決心，我決定要依循自己的情感去做。這是我一路走來最堅持的人生原則。一旦違背自己的情感，做任何事都不會成功的。

我馬上寫給您一封甜蜜的謊言，同時暗自決定，一定要促成炎丈流君和他深愛的空美津子小姐結婚，我要盡全力讓您陷入絕望。

看吧，丈流君已經永遠逃離您的魔掌了。在我巧妙安排的計畫之下，家鄉父母祝福了他們的婚姻，而愚蠢的中年黑心夫人的詭計全盤落空，那對年輕人如今正在自由與幸福的道路上攜手同行。

很遺憾地，您身邊只剩下我一個了。放棄那個念頭吧。請您平心靜氣地接受我的愛，以及我的五隻貓。

僅以此信獻給深愛的真間子夫人。

冰真間子寫給山鳶夫的信

你這個大騙子！嫉妒？愛情？別再說那種明顯的謊言了。你傷我這麼深，還說什麼愛我？王八蛋，真想拿平底鍋打扁你那張窩囊臉！你我從此絕交，慢走不送！

閒人的閒信

丸虎一寫給空美津子的信

炎君告訴我了，聽說他父母總算答應你們的婚事了？
恭喜！妳肚子裡的小孩一定也很高興吧。
肚子裡的小孩現在多大了？像格力高巧克力那麼大？像西洋煎蛋捲那麼大？還是像小貓咪那麼大？

電視廣告裡有個穿孕婦裝的可愛女星正織著小小的毛線襪，忽然朝鏡頭俏皮地眨眨眼，接著傳來旁白的男人聲音：

「提供媽媽和未來的寶寶豐沛的活力
母嬰營養補充劑　拉嵐

拉嵐！　拉嵐！　拉嵐！」

當我看到那則藥名很像怪獸名字的廣告時，忽然想到妳不知道過得好不好。先不談那個了。據說紅衛兵運動已經告一段落了。那裡沒有彩色電視機，只有貼在牆上的大字報，那個國家還真野蠻呀。要我住在那種國家我寧願去死。大字報整張都是字，讀起來很辛苦。我雖然喜歡寫信，可是新聞報導只想用聽的，左耳進右耳出，聽完就忘光光。

最美麗的電視節目就是彩色卡通，尤其是太空主題的卡通全是五顏六色，和迪士尼樂園一模一樣，可是迪士尼先生[1]怎會死了呢？這樣一位喜歡小孩、為社會做出重大貢獻的偉人，為什麼死了呢？該不會和甘迺迪遇刺案有所關聯吧？

說這種話大概會被人當成瘋子，但是電視節目看久了，愈來愈覺得世界上的每一件事都互有關係。比方我坐在電視機前面吃的糖炒栗子就是向中共進口的，再進一步想，妳的懷孕或許也和世界局勢有某種相關。

我看兒童節目時，出現了這樣的廣告：

「紅紅的、紅紅的、紅紅的、

美味鮮紅口紅糖！

向大姐姐借一下口紅

輕輕舔一口

櫻桃小嘴口紅糖！」

說不定這則廣告就是用來宣傳共產主義的，千萬不能掉以輕心。

好了，鑽研了太多大哉問，現在來關心我們身邊的問題吧。

妳的婚事，噢不，甚至從更早之前談戀愛的時候就引發一連串糾紛，在我波平浪靜的生活中捲起一場大風暴，實在困擾極了。

我多次蒙受不白之冤、不得不扮演壞人，還一度被妳恨之入骨，這些事讓我

1 華特．迪士尼（Walter Elias "Walt" Disney，1901–1966），美國電影製片人，亦為華特迪士尼公司創始人。

變得消極厭世，除了看電視什麼都不想管了。

我也想過找個好女孩結婚，可是在那之前得做好多麻煩的前置作業。為什麼不能像送牛奶的把牛奶瓶放在門口那樣，也直接送來一個新娘呢？

每回和女人見面，若不是咯咯笑得花枝亂顫，就是莫名其妙歇斯底里，一番折騰下來不僅心煩意亂，更是疲憊不堪，想想還是待在電視機前面來得輕鬆自在。

不過，可別因為這樣就誤會我不吃香喔。我把最近新交到一名筆友的精彩來信給妳瞧瞧吧。

前陣子她向我索討相片，我知道神田那邊有很多賣電影劇照的商店，於是去了一趟，買回一張相片上塞滿了臉孔的日本現代電影劇照，把後排某個頗具男子氣概、但不知名也沒名氣的演員頭像小心翼翼地剪下來，寄了過去。

當然了，寄我本人的相片也沒什麼不可以，只是去拍照時那個照相師畏畏縮縮的，怎麼拍都不好看。

所以我覺得，與其寄給她拍得那麼醜、和我本人完全不像的相片，乾脆寄去另一個人的相片，反正結果都一樣。

她收到相片後高興得不得了，馬上就回信了。妳只要讀一讀那封信，就知道我有多麼吃香了……

丸虎一先生：

您的大名讓我以為應該長得像單口相聲家，結果和想像中截然不同，您竟是如此一表人才、充滿都會風格的優秀青年。雖然帶點黑道派頭，但這樣更有魅力喔。（虎一補充：廢話，我是從黑道電影的劇照剪下來的嘛。）

我偷偷將您的相片放在枕頭下面。

這麼做應該就會夢到虎一先生了。昨晚您果然來到夢中，先是聽到您嚷了聲：「喂，快點準備，我從東京來接妳啦！」緊接著看到身穿腰帶式大衣的您闖進我的房間，伸手搭上我的肩膀，不由分說地吻了上來。虎一先生好壞喔，忽然跑到人家的夢裡親了一個純潔的少女。（不過，那樣好浪漫唷。）

以下報告我的近況吧。

我爸爸是縫紉機的推銷員，他把一台展示用的縫紉機帶回家裡讓媽媽做些手工藝品和童裝，我再把那些成品拿到我上班那家公司的工會裡寄賣。我們就是這樣一個互助合作的家庭，爸爸和媽媽和我都是平等的，我們同樣用「喂、欸」來彼此叫喚。（要是虎一先生和我結婚，我也會用「喂、欸」來稱呼您喔。您該不會聽到這裡就被嚇得直說不敢結婚了吧？那我可要哭嘍。）

我要交更多筆友，還要學英文。我的夢想是在世界各國都有筆友。要不要把日本筆友的唯一名額保留給虎一先生呢？這得看您往後的表現囉。

家裡養的金絲雀發出啣啣啾啾的啼聲，春天來了。

其實金絲雀平時就是這麼叫的，沒什麼特別的。

我住的城市櫻花開得很漂亮喔。到了櫻花季節，夜晚燈籠的光芒映著櫻花，還有照明燈光打在城堡的石牆和望樓上，就像電視攝影棚那麼美。如果您有空，請在櫻花季節來一趟。我們並肩散步，買支棉花糖邊走邊吃，一定十分愜意。

……………………。

讀完這封信，我突然好想好想吃棉花糖。我想一邊看電視一邊慢慢品嘗，可惜想不起來這附近哪裡有賣。

下回來找我時，伴手禮一定要買棉花糖，拜託了。這件事也請務必轉告丈流君。

結婚暨新婚報告信

炎丈流、空美津子寫給山鳶夫的信

我們將於擇定的黃道吉日結婚。只寄送一張印刷喜帖覺得有些見外，因此再附上一封聯名信給特別照顧我們的山設計師，並誠摯地邀請您出席。

喜帖上已註明與會賓客請支付一千五百圓的出席費，不需致贈結婚賀禮。假如堅持非送不可，我們自是欣然接受。家裡若能備置一台近來流行的保溫蒸飯箱想必非常方便（丈流因戲劇工作而格外晚歸，需吃宵夜裹腹），如果沒有也無妨。

我們會一起勇敢地朝向未來前進，沒有任何事物可以阻擋兩人前進的腳步。舉凡存在於人類社會裡古老醜陋之物皆往背後扔棄。眺望前方，充滿大愛的新社會曙光正從地平線上漸漸亮起。

唯有完成藝術、證明藝術自由的人民，才有資格建造未來的社會。末期資本主義式的頹廢，只會扮演不斷破壞藝術、將藝術自由出賣給法西斯主義者（例如像三島由紀夫那種男人）的角色。我們的未來萬歲！

丸虎一寫給冰真間子的信

丈流和美津子當然不會邀請您參加婚禮，就算您受邀也不會出席，所以我代您付了一千五百圓的出席費參加了，以下是那場婚禮的報告。我當然是為了臥底偵察才去的，所以要向您申領一千五百圓的調查費，請在收到這封信後盡快核撥。

明明只要站在電視機前，於電視機的見證之下結婚根本不花一毛錢，丈流卻和普通人一樣打腫臉充胖子辦婚宴，甚至還收了出席費，簡直是個吝嗇鬼。

婚宴地點位於新宿的某家超大型中菜餐廳三樓的大宴會廳，裡面有一座舞臺。他挑的地方還真低級。不過等一下會寫到，那座舞臺倒是充分發揮了功能。

丈流那天穿上違背他一貫主張新思維的帶有家徽的男士傳統禮服，美津子為了配合他的衣著，同樣是以傳統的文金高島田髮型和一身雪白的新娘禮服。如此裝扮的兩人並肩坐在金碧輝煌的中菜館裡，簡直像把生魚片盛在拉麵碗裡端上桌似的。雖說是做演藝那一行的，穿成那樣真的好嗎？

典禮開始，首先是司儀致詞。一看到司儀是常在電視上出現的東京鐵塔君，我頓時兩眼放光。

「這一對璧人，今天到底是怎麼回事啊？」

司儀主持時多次調侃新郎新娘，把賓客逗得哈哈大笑。丈流和美津子雙雙正襟危坐。我一想到這個新娘子已經是產婦了，心裡不禁五味雜陳。

介紹人是一位話劇界的大導演，致詞時一再吹捧中國的好。我不懂紅衛兵和文金高島田髮型究竟有什麼相關。

聽說這位導演很出名，大家都說他厭惡電視，所以不肯上電視節目。我真討厭這種活在現代社會卻瞧不起電視的人。這不等於要靠呼吸空氣才活得下去卻偏要說空氣的壞話嗎？

接下來安排的餘興節目相當有趣。丈流的劇團夥伴們表演了他們的拿手好戲，以丈流和美津子從一開始的互有好感到談戀愛的過程為素材，創作出了一齣爆笑喜劇。

飾演今晚主角的兩位演員在改編歌詞「丈流和美津子攜手漫步於　熱海的海岸」[1]的歌聲中登場，在說完「要讓今晚的月色變得黯淡」[2]的經典台詞之後，接著出現了一個扮演月球火箭的小孩，還說什麼「不可以做核武試爆，要安全和平地運用核子技術」之類的台詞，總之整場戲亂七八糟，這麼好笑的鬧劇連在電視上都難得一見。

最後新郎新娘被拱上舞台，有個警察過來抓住他們並且指示：「依據《警職法》命令你們在本警員面前接吻！」這兩人逼不得已只好親吻，在場賓客紛紛鼓掌叫好。我從來沒參加過這麼不知羞恥的婚禮。他們敢在那麼多人面前接吻，真是厚臉皮呀。

他們不臉紅，我可看得整張臉漲得紅通通的。後來大家都喝醉了，鬼吼鬼叫地不知道在唱什麼歌。我要趕回去看一個深夜節目，早早離席了。以上，報告完畢。

炎丈流寫給山鳶夫的信

很遺憾地，由於美津子有孕在身，在醫生的禁止之下，我們沒去外地蜜月旅

1 改編自一九一八年（部分資料為一九一九年）發行的日本演歌《金色夜叉》，宮島郁芳作詞，後藤紫雲作曲。歌曲開頭的歌詞為「貫一和阿宮攜手漫步於 熱海的海岸」。

2 典故出自日本小說家尾崎紅葉的代表作《金色夜叉》中最知名的段落。臨別之夜，男主人公貫一對女主人公阿宮說道，「（略）……明年的今晚，妳一定會看到因我的淚水而變得黯淡的月色……」

行，只在市區的旅館住了三天。

山設計師，世上還找得到和我們一樣幸福的神仙眷侶嗎？

在您面前什麼話都無須隱瞞，美津子的身體狀況無法承受過於粗暴的愛意表現，也無法承受過度頻繁的親密接觸。所以雖然才在新婚階段，我們的相親相愛已變得樸實溫馨了。

縱使如此，我和美津子只要對上了彼此的眼神，便會陶醉在幾近暈眩般的幸福漩渦之中，這樣形容不知您是否能夠體會。精神上的感受和官能上的感受合而為一，激烈的愛情和靜謐的愛情融為一體，這樣的狀態方為愛情至高無上的展現。

我將耳朵貼在她美麗白皙又溫暖的肚皮上，她欣喜地不停問我：

「聽見了吧？聽見孩子在動了吧？」

我靜靜地聆聽著新生命的開始。或許所謂的胎動只是心理作用，儘管無法確切捕捉到那隱約的聲響、那宛如夜海遠方燈塔明滅的生命翕動，但在她比以往更為炙熱的腹部裡面，正悄悄孕育著我們兩人的生命紀念，想到這裡，一股難以言喻的激動在我的胸口洶湧澎湃。

我們的路途仍是遍地荊棘，但我下定決心，絕不被任何艱難打倒，一定要為全家人築起健康完美的生活。我做了一首詩以展示意志：

〈聖家族〉

身為母親的她，與身為妻子的她，
與身為父親的我，與身為丈夫的我，
與身為男人的我，與身為女人的她，
現在於同一時刻同一地點，
全部獲得新生，
在清亮的光輝之下，構成出一幅圖畫。

是太陽的我，與是月亮的她，與是星星的子女，
足以形成一個宇宙，
天使闔上門扉，手掌輕輕攏靠在嘴邊，
對著天使同事說起了悄悄話：
小聲點，別吵醒那些孩子。

心灰意冷的女人的信

冰真間子寫給丸虎一的信

面臨這種處境時，能有你這樣的朋友真好。哪怕你比現在聰明幾分，我都無法說出真心話。

如果你給了周到細致的安慰，我就沒辦法毫無隱瞞地向你吐露苦悶了。但若你比現在更笨一點，恐怕難以理解我的意思，我倒不如對著牆壁說話去。你聰明和愚笨的比例可說是增一分則太長、減一分則太短，恰到好處。

有些人喜歡結交聰明的朋友，真是蠢極了。唯有和自己的才智程度互補互襯的朋友，才是能夠暢所欲言的對象。

這是因為聰明的朋友原本就有優越感，在聽到我的訴苦後，只會讓他在情感層面擁有更加強烈的優越感。換做是愚笨的朋友，反而能藉由這種情感層面的優越感來填補其原本智慧層面的自卑感，一定會很高興，而一高興起來就會掏心掏肺地對我好。這樣的朋友才可貴。

所以在讀完我這封信以後，你可得盡量在情感層面產生優越感。這點小事對你來說容易得很。因為你唯一的情人就是百依百順的電視機，這輩子除了我，休想再見到如此完美的女人嘍。

謝謝你鉅細靡遺地轉述丈流那場荒腔走板、品味低俗的婚禮。讀完之後，我心如死灰。就此放下的念頭像涓滴細水，徐徐地滲入心裡。就這樣了。沒有悲傷也沒有憤怒，沒有竊喜也沒有釋懷。我的一顆心猶如一張大白紙，經過剪紙藝人的快手剪裁之後，只剩下一圈慘不忍睹的鋸齒狀外框了。

很長一段時間，丈流曾是我心頭的煩惱。或許你覺得他什麼都沒做，何須負起責任？但站在我的立場可不這麼認為。我同樣沒做錯事，卻成了無辜的被害者。只因為丈流活在這個世上，竟害我飽受痛苦的折磨哪。

愛情不是一件快樂的事，而是一種病呀。那是一種令人厭惡的、時不時隱隱發作的狡猾慢性病。有人說愛情是支持自己活下去的力量，那簡直是天大的誤解，唯有陰謀詭計才能創造出更多的人生價值。那些說什麼談戀愛很開心的人，腦袋一定很不靈光。

我這一生再也不想受那種苦了。當我資助你買電視機時看到你一臉心花怒放，我也跟著感到高興，心想如此愉快的人生體驗多多益善。我給你的只是錢，連一絲情感都未曾投注，卻得到了滿心歡喜的情感回饋。但當我付出的是情感，到頭來往往是一場空。

從今以後，我要徹底忘記丈流，開開心心地過著符合身分地位的下半生。可惜我沒有像你那樣單純的頭腦，沒辦法只看電視就得到滿足。換個角度想，或許你的單純，其實才是最有智慧的天性。

如果把世上的每一件事全都當成映像管裡的幻影，那麼無論是越南戰爭也好，殺人凶手也罷，只要知道那些人事物絕對不會從那片摸起來和暖爐一樣燙的凸面玻璃裡面衝出來，或許就能笑看人生，盡情享受人生。不過必須注意的是，在收看的時候，只能選擇收視率超高的節目，別去看那種收視率低、內容又有點難的節目喔。

愈講愈覺得山鳶夫實在惹人厭，一想到他就讓人反胃！你遇到那個傢伙時，記得代我朝他吐口水。下回再請你吃奶油蛋糕唷。再會。

丸虎一寫給山鳶夫的信

最近收到一封冰真間子女士的信，信裡寫到「山鳶夫實在惹人厭，一想到他就讓人反胃！你遇到那個傢伙時，記得代我朝他吐口水」，可是這陣子沒機會見到您，又不好拖延真間子女士的交代，所以隨信附上一張沾有我口水的紙，請您把它放在臉上抹一抹。

不過，真間子女士為什麼那麼討厭您呢？兩位以前不是交情很好嗎？沒關係，世事多變，請不要沮喪，打起精神來。

另外，最近有個筆友向我逼婚，請您幫忙拿個主意。

這件麻煩事的開端是我寄去別人的照片造成她的誤會，一直要求見個面，但是一碰面就會發現我騙了她。當然了，我的英姿煥發和照片裡的人相比毫不遜色，可是這麼說吧，那個女筆友原以為自己通信的對象是亞蘭·德倫[1]，結果見面一瞧變成了加山雄三，我猜她還是會生氣吧。

問題是她幾乎天天寫信說真的很想、很想來見我，吵得我懶得回信了。那女孩住在外縣的某個小城市，應該沒那麼容易來到東京，可是萬一她等不及了突然跑來找我，那我該怎麼辦啊？

我可以好好招待一番然後就請她回去嗎？比如請她一起吃吃花生、看看電視，然後說一句「好了，妳該回去了」，這樣可以嗎？萬一我和她都沒有說出我

1 亞蘭·德倫（Alain Delon, 1935–），法裔瑞籍電影演員，著名的影壇美男子。

和照片裡的人不一樣這件事，她誤以為照片裡的那個我出門了，賴著不走說：「請讓我在這裡等虎一先生回來。」那我該怎麼辦啊？萬一到時候我沒有勇氣說出真相，兩人就這樣悶不吭聲地看著電視一路播到深夜劇場，連最後一班電車的時間都過了，她卻說要住下來，那我該怎麼辦啊？

萬一等到鋪完床、關了燈，我卻翻來翻去睡不著，在黑暗中忽然傳來如銀鈴般的美妙聲音：「虎一先生，一見到面我就知道您是真正的虎一先生了。您沒有承認，我也沒有說破。您比照片上的人更真實、更帥氣。我好幸福喔，我愛您……」說完就撲過來抱住我，那我該怎麼辦啊？

抱怨家中瑣事的信

山鳶夫寫給丸虎一的信

你還真像廢紙簍。

心裡不痛快的時候，總會想起你那張圓胖又不太聰明的臉龐。不管告訴你什麼都不必擔心，你只會愣愣地聆聽一字一句。即使是天大的祕密，反正從你的嘴裡說出來也不會有人相信，只當是說笑而已。

更讓人安心的是，再怎麼丟臉的事講給你聽，都不至於傷了自尊。因為聽我說話的人，是一個會受人訕笑的對象，而不是一個會出言嘲笑的人。就這樣，自己在分析利弊的過程中逐漸釋懷，把從心裡清出來的骯髒紙屑一口氣扔進那只廢紙簍裡，然後忘得乾乾淨淨。

想到這裡，愈發覺得你那張臉真像廢紙簍。其實，你的長相本就很像那種陶豬造型的蚊香爐。

感覺如何？我這樣大放厥詞，也不至於傷了你的自尊吧？這只是一個小測試，測試你究竟是不是一位真正的大人物。

如果看到這裡還沒生氣，表示你的確是繼西鄉隆盛[1]之後的大人物。我不希望你覺得我在獻殷勤，不過坦白說，比起陶豬造型的蚊香爐，你的容貌更神似西鄉隆盛。

既然是這樣的大人物，我在你面前可以無牽無掛地想說什麼就說什麼。老實說，只是一些家裡的瑣事，可是這些亂七八糟的事情一直憋在心裡不敢說出來，肯定對健康有害。

和我太太一樣文靜乖巧的女人並不多，而像她那樣外柔內剛的女人更是罕見。只是，我們夫妻的相處不睦由來已久了。

她從不過問我的一舉一動，這樣的太太在外人眼中堪稱完美無瑕。

我是在她當縫紉女工時看上她的。我和她沒有談過轟轟烈烈的戀愛，只是覺得像這樣的女生，不僅可以放心把店鋪交給她打理，也不必擔心她會干涉我的生活，所以才和她結婚的。除了沒生小孩以外，我所引以為傲的「慧眼獨具」果真為自己找到了完全吻合前述兩項條件的另一半。

直到今天，洋裁店的管理和營收全由她一手操持。她從沒出過半點紕漏，也一向默許我的行動。所以我心裡不是不明白，對自己來說最好的選擇就是繼續忍受。無奈人生在世沒辦法永遠只打安全牌，一旦心生厭煩，說什麼都無法再和她過下去了。

我不但忙著當設計師，還得忙著和別的女孩交往。另外，家裡養了五隻貓，擁有的領帶超過五百條，光是這些事就忙得團團轉了。

尤其領帶是我最珍貴的收藏品，包括聖羅蘭和克麗絲汀・迪奧的名品，以及

1 西鄉隆盛（1828–1877），日本江戶時代末期的薩摩藩武士，亦為明治維新時期的政治家。

來自義大利、法國、德國、英國、美國、西班牙、泰國和荷蘭等世界各國的製品，我的工作就是把它們一一收在透明袋子裡保管，不讓它們沾上一粒灰塵。除此之外，滿足貓咪們的各種要求也屬於我的工作範疇。

貓咪們只在另有所圖的時候才會向我撒嬌，那種嫵媚的姿態充滿顯而易見的盤算，遠比太太對待我的態度來得天真可愛多了。

男人並不要求自己的女人必須具有高尚的品格，男人更喜歡看到人類的種種惡行妥妥貼貼地收存在一個精巧的小玻璃盒裡，這不僅讓他感到安心、覺得高興，還會對她疼惜。這就是男人的感情觀。

至於我太太呢，她在這方面過於完美，也過於冷淡。從婚後到現在，她不曾對我說過一句：

「早點回來唷！」

她也從沒向我抱怨過一聲：

「你不在家，我好孤單哦……」

她的漠不關心令人不寒而慄。每次看到她，總是埋頭忙著什麼事情。我偶爾在家吃飯，只見她往餐桌擱上算盤不停撥打，嘴裡唸唸有詞：「呃……咦，那是多少來著？」

「怎麼啦？」我問她。

「沒事，別在意。」

她總是給個模稜兩可的回應。

即便晚上十點出門，我也不需要準備冠冕堂皇的藉口，反而讓我有點失落。

多年下來，我終於按捺不住，故意把一張背面寫著「給我深愛的山鳶夫先生」的可愛少女相片掉在太太的梳妝台前，結果等了幾天也不見她有任何反應，氣定神閒一如往常。我不得已，只好開口提醒她：

「有沒有看到一張照片？」

太太遲遲想不起來，而且她臉上那個想不起來的表情確實不是演戲，而是真的在努力回想。我於是進一步描述了相片的樣子，總算一語點醒夢中人。

「哦，你是說那個？我丟到垃圾桶裡了。」

「為什麼要丟掉？」

「如果是非常重要的東西，怎麼會掉在那個地方呢？」

我頓時啞口無言，頗覺掃興。我等於是從太太的口中得知了自己已經對那個可愛的少女沒興趣了。

經年累月下來，我和她都明白了找對方說話無疑是對牛彈琴，乾脆閉上嘴巴不吭聲，可是這種冷戰每一次都是我舉白旗認輸。

最近發生了一件事讓我們徹底決裂——我赫然發現她積攢多年的私房錢是一筆天文數字！我一向放心把整家店交給太太打理，怎料居然是養老鼠咬布袋！

「不是說不能存私房錢。雖說是多年來生財有道才滾出這筆數目，我還是不希望自己覺得妳很貪婪，可是妳瞞著我和稅務局拚命存錢的心態讓我很不舒服。」

我這樣責問她。她竟然振振有詞地反駁：

「我以為你會很高興太太自己預先存下贍養費，幫你省下日後的麻煩呀！」

我不喜歡在金錢問題上爭論不休，於是當下不再深究。過了一陣子，我才知道她還用自己的名義買下一間小公寓。我試探過她是不是外面有男人了，看來應該沒有。她不過是個物欲至上的女人。

事已至此，我打算離婚了，只是煩惱她恐怕會要求更多實質上的補償。

有關離婚糾紛的信

丸虎一寫給冰真間子的信

身為您忠誠的情報中心，在此報告最新消息，並且申領三大包天津甜栗（看電視時的零嘴）作為情報提供費用。以下開始報告：

山鳶夫先生正在考慮離婚。他已經受不了那個冷冰冰的、只有物欲的太太了。再過不久他們肯定會離婚。

冰真間子寄給丸虎一的明信片

你真是笨得可以了。連聽到山鳶夫那個名字我都嫌髒了耳朵，更不用說他的近況了。就算他在東京鐵塔的頂端倒立給大家看也不需要告訴我。你好意思索討甜栗？不如邊看電視邊抓蟑螂吃吧，反正那兩種玩意都一樣滑溜溜又黑亮亮的！

冰真間子寫給丸虎一的信（數天後）

我收到一枚稀有的捷克斯拉夫郵票，眼前不禁浮現你的臉，因此轉寄。你這位集郵家收到後不妨貼在自己的額頭上欣賞把玩吧。

上封信不好意思唷。一時激動，寄去那樣的明信片。當然了，我並沒有特別想知道山鳶夫的事，不過畢竟你好意為我捎來訊息，還是應該謝謝你。

總之，雖然並不在意那個人，但若關於離婚的事有後續發展，請通知我一下。

前幾天看到電視節目上有個和你像極了的年輕單口相聲家，長得有點可愛呢。

你也別老是悶在家裡，多到街上走走，說不定可以享受到眾星拱月的待遇喔。

丸虎一寫給冰真間子的信

謝謝您給的稀奇郵票，您真是個親切善良的好人。

我一收到信馬上拜訪了山鳶夫先生家。我是從洋裁店那邊走進去的，裡面人山人海。我一臉淡定地穿過人群，店員見狀問了聲：「咦，來送麵的？」我不懂為什麼會把我被誤認成麵館的員工。

位於店鋪後方的住家相較之下顯得靜悄悄的。進門後的第一印象就是家裡到處是貓。套了件長袍的山鳶夫先生走了出來，和藹可親地說道：

「噢，是小虎啊，歡迎歡迎。你來得正好，一起吃頓飯吧？」

「八點有個叫做《印第安巡警隊》的節目我得趕回去看，在那之前可以陪您吃個晚飯。」我好心賣他一個人情，接著反問，「您不必留在店裡嗎？」

「不必，從後門溜出去就行了。已經吩咐過店員告訴客人我去大阪了。今天心情亂糟糟的，根本沒心思做事……不談那些了，小虎，想吃什麼？」

他的表情比剛才更為討好。

一隻貓慢悠悠地爬到我的膝上。老實說，我不怎麼喜歡貓。我撓了撓貓尾巴的底下，牠氣得齜牙咧嘴，一股濃烈的魚腥味口臭猛地噴向我的臉，然後跳下去跑開了。

在店裡和家裡都沒看到山夫人的身影。客廳裡似乎也少了一兩件高級家具。我身負為您蒐集情報的使命，心想總得試探一番，於是開門見山地問說：

「令夫人呢？」

「噢，我和她一刀兩斷啦。」

山鳶夫先生一邊用電動刮鬍刀刮鬍子一邊回答我。

「搬出去了嗎？」

「唔，已經搬出去了。」

他刮完鬍子之後換衣服。我猜他花了很多時間挑領帶。我等了好久好久，都快等瘋了！他應該向我看齊，不分春夏秋冬一律用同一條領帶打通關，這樣才符合一切講求效率的新時代嘛。

不過是和我一起出門，其實沒必要精心打扮。他大概是希望吸引所有人的目光吧。但是我可不會輸他，畢竟我的最大優勢就是正值青春年華呢。

他說我想吃什麼都可以，我想了半天之後告訴他，我還沒吃過山豬肉、貉子肉和鹿肉，想嘗嘗鮮，他就帶我去了一家位在兩國的老餐館。

我們進了一個包廂，先從酒開始慢慢喝起，可是我滿腦子只急著快點嘗到山豬肉和貉子肉的滋味，鳶夫先生在說些什麼全當成了耳邊風。

過了好一會兒，忽然聽到鳶夫先生說：

「小虎，我有一事相託。」

「什麼事呢？我可以答應您，但如果事情太難，代價可不便宜哦。」

「放心，一定好好酬謝你。可以請你幫忙讓我和冰真間子女士重歸於好嗎？我徹底得罪了她，恐怕一生都無法得到她的原諒，可是我真的很希望兩人和好如初，思來想去，就屬你是居中協調的最佳人選。直到現在，我才感受到失去了真間子女士有多麼痛苦。我深切領悟到，相比於失去妻子的打擊，失去真間子女士才是真正沉痛的打擊。我已經厭煩了年輕女孩，也受夠了柴米油鹽的老婆。對我而言，人生最重要的是什麼？答案是異性朋友。世界上再也找不到像她和我這樣意氣相投的夥伴。都怪我不好，拆散了如此默契十足的搭檔。可是我在給她的信裡也解釋過了，這麼做的原因是我發現自己是愛著她的，無奈她並不明白我的心意，僅僅丟來一張絕交信。在我失去了真間子女士之後，才肯定自己的的確確為她深深著迷。」

我是在等待山豬肉和貉子肉上桌的空檔，心不在焉地聽著他說這段話的，在此把聽到的字句原原本本地轉述給您。我該怎麼做才好呢？靜候您的下一步指示。

冰真間子拍給丸虎一的電報

見鬼去吧！

冰真間子拍給丸虎一的電報（翌日）

有事，速來！

壞男人和壞女人重修舊好的信

冰真間子寫給丸虎一的信

昨天辛苦你了。

誰都難以想像你竟然能夠勝任調停和解的角色。如今想來，你真像個純潔的邱比特。我想，若是你長著翅膀飛上天，一定會迷倒眾生的。就連那個可恨的山鳶夫，昨天也一臉恭敬地向我磕頭謝罪。我實在是個大好人，終究大發善心原諒他了。這都怪你說了那種蠢話：

「好了好了，兩位都是高尚的 lady and gentleman，還是快快樂樂地讓一切付諸流水，一起洗個手吧！」

你想說的其實是「對一切既往不咎，一起握個手吧」，對不對？若按你原本的句子，可就成了竹籃打水一場空嘍。我就是聽到那段話忍不住笑了出來，這才放鬆了緊繃的情緒，你那兩句話的時機太湊巧了。經過這場風波，山鳶夫也總算深刻了解到我倆是未來人生道路上不可或缺的伴侶。俗話說物以類聚，我和小山終歸是最相配的一對嘛。

不過，我還是想對你抱怨一下。一位睿智的調解人必須懂得察言觀色，看到事情告一段落了就該趕緊離席才好。可是你呢？吃了又吃，吃完了還要再吃！不單盡情大快朵頤，還因為我多說了句「今天虎一君想做什麼都可以」，沒想到你當真要求店家把電視機搬進包廂裡，嘴裡嘟囔著這不是彩色的，卻還是讓我們陪著一塊看吵吵鬧鬧的西部牛仔片，害我和小山面面相覷，不曉得該拿你怎麼辦才好哪。

幸好後來你抱怨說想回去看家裡那台高級電視。三個人在餐廳門前道別後，我和小山決定找個安靜一點的地方談心，於是去了六本木的一家小酒吧。

那家酒吧的紫色軟墊椅子真是深得我心。我那天穿的就是紫色的洋裝，衣料的色澤和椅子的顏色恰好相互映襯。

「唔，這樣的色彩搭配格外高雅，太高明了！妳本就知道這裡的椅子顏色，所以刻意挑這家店的吧？」

「才不，人家早就忘了呢。」

「那就是留在妳的潛意識裡的記憶囉。而且，妳上次來這裡的時候，一定暗自想過希望以後有機會和小山單獨來這裡吧？」

「哼，少往臉上貼金了！」

我們已經很久沒像這樣裝模作樣地拌嘴取樂了。他敏銳的審美觀果然不同凡響……

那麼，找一天到我這裡玩吧。我的英文補習班最近聘了一個漂亮的女孩，你來瞧瞧，我幫你介紹。

山鳶夫寫給丸虎一的信

經過你的穿針引線，我們在那場會面之後又接連見過三次面了。真間子女士實在是一位出色的情人。比起流露真性情，濃妝豔抹的忸怩作態更適合她，也更具獨特的魅力。

回想起來，我和她的關係還真奇妙。以往我多半跟那種故作高貴的女人談戀愛，隨著交往的日子一久，這才漸漸發覺對方的本性。可是與真間子女士之間卻是毫無掩飾、從未在意性別的多年老友，一方面深信彼此不是自己喜歡的類型，卻又能清楚看出對方的優點。現在的我已經充分了解到，她雖然平時裝出一副壞女人的模樣，一旦歇斯底里發作簡直天翻地覆，其實心地純真又善良。

我們互相再熟悉不過了，可是如今轉換成情侶的身分，竟然處處仍有驚奇的新發現。她比以前更重視穿著妝扮，並且勤做美容操，每一次都是以最佳狀態出現在我的面前。

和年輕女孩在一起固然不錯，但是和這位日本少見的風姿綽約的熟齡美女聯袂走在路上更讓我威風八面，人人總會回頭多看我們幾眼。並且，我也從她的服裝搭配獲得了源源不絕的靈感。

她的身材很適合穿洋裝。在她身上顯得風情萬種的設計，未必同樣適合全日本的中年女性。

不過好處是，每回她來到店裡，必定會吸引其他環肥燕瘦的夫人們投以欣羨的目光，紛紛向我央託：

「山設計師，請幫我做一套那樣的洋裝，但我可不要一模一樣的哦！」

「好的，我來設計一下。我覺得您比較適合簡單一點的款式，但是用更為華麗的布料縫製。」

「真令人期待哪！」

就這樣，洋裁店的生意蒸蒸日上，賺取的設計費可說是日進斗金。

店員們都很喜歡真間子女士。她不但個性豪氣，而且出手大方，再加上擁有將英文補習班經營得有聲有色的商業手腕，自然廣受喜愛。

說到這裡，有個好消息和你分享：真間子女士建造的大樓下個月即將竣工，英文補習班也將遷到新址。

真間子女士那棟新大樓的一、二樓是英文補習班。我的洋裁店已經不敷使用，因此向她租下三樓，把店鋪和住家一起搬過去。那裡的交通比舊址更便利，新大樓還附設停車場，許多顧客都很期待早日到新店面享受採購的樂趣呢。

我和真間子女士以後在同一棟建築的上下樓層工作，應該會天天一起吃午餐吧。光是想想都讓人心動不已。看來，我們兩個人往後將是如膠似漆，形影不離。

炎丈流寫給丸虎一的信

聽說英文補習班即將搬入新大樓，山鳶夫的洋裁店也會進駐，而且他們兩人快要結婚了……這些消息是真的嗎？

倘若那兩位結婚，相當於末期資本主義式的悖義劣德互相中和，大大減少了對周遭人們的危害與困擾。如此一來，我也能放心和他們重新聯絡了。畢竟他們的人脈廣，可以提供不少工作上的協助。

美津子過得很好。她的肚子變得又圓又大，我最近成天提心吊膽的，深怕她一個不小心跌跤，所幸懷孕之初的危險期已經安然度過了。我們沉浸在甜蜜無比的日子中，偶爾想起你總覺得過意不去，畢竟你依然是孤伶伶地嚼著花生米，寂寞地看著電視。

丸虎一寄給炎丈流的明信片

拜託你們行行好，用不著同情也不需要安慰，就讓我安安靜靜地過自己的生活吧。我對現在的日子心滿意足。沒有人能夠真的體會到別人的幸福是什麼樣的滋味。

作者寫給讀者的信

各位讀者：

這支書信圓舞曲，到此劃下了休止符。

書信的用途分為兩種，一種是敘述當下的情緒感受，另一種作為冷冰冰的實務之用，可惜大多數人需要的是後者的範本。

因此，從很久以前就有不少關於書信寫作的乏味書籍，裡面充滿了諸如此類的範例：

「敬維起居康暢，為祝為頌。此次……」

只要照樣謄寫，即便內容枯燥，至少無須擔心失禮。就算無法成為流傳後世的名文佳作，起碼可以順順利利完成一封信。

時至今日，這種集結諸多範文的參考指南依舊有其實用價值。縱使世事變遷，人際往來仍普遍以「不失禮數」作為首要之務。至於超過這個範圍的部分，比方真實情感的碰撞，則一概多餘。

如今不再是用文言文寫信的時代，那些「之乎者也」早已過氣，但這並不代表寫信時可以不講禮貌。

在此，我只想提醒各位書信的第一要件。

那就是千萬不能寫錯對方的姓名。若是這個地方出了差錯，哪怕後面羅列著懇切恭敬的千言萬語也難以抵銷。

下筆前請先看清楚對方的姓名筆畫吧

世上有許多容易混淆的姓氏，舉例來說，像是「安倍」、「安部」、「阿部」等等。還有，已故的久保田万太郎先生的「万」一定要用「万」字，如果寫成「萬」就是錯字了。

沒有比寫錯姓名更令對方惱火的事了。

我經常收到來自各方的信件，有些自稱是文壇新人卻把我的名字寫錯了。我相當懷疑這些人的文學敏銳度究竟有多高。

不知道什麼緣故，我的名字「三島由紀夫」時常被誤寫成「三島由起夫」[2]。沒有人不曉得我叫做由紀夫而不是由起夫。單單是把「紀」錯寫成「起」這樣的小事，就會在對方的心中留下負面的印象。

總之，如此微不足道的錯誤，足以造成信裡表達的無限敬意頓時化為烏有。寫信時一定要先了解一個前提條件，那就是收信人根本不在乎寫信人的一切。這是最重要的關鍵。

一個洞悉世態者深知人們對其他人毫不在意，唯有攸關自身利害得失的時候才會產生興趣，儘管這是一種苦澀的人生哲學。

當然，所謂的利害得失並非專指金錢財富，有可能是名譽，也可能是性慾。

1 這三個姓氏在日文是同音字。

2 「紀」與「起」在日文亦為同音字。

無論是哪一種，能夠讓收信人重視來信的理由不外乎以下四類：

一、鉅款

二、名譽

三、性慾

四、情感

其中第一類至第三類的界定範圍非常明確，第四類的涵蓋範圍則相當廣泛。既然是情感，自然包含一切喜怒哀樂，連幽默也算在內。舉凡別無所求、能夠打動人心的書信，統統歸屬在第四類。

如前所述，寫信時需要記住收信人對你的來信沒有一點興趣。在這個前提之下，屬於第四類的書信是最難寫的。

假如是第一類，即使是像以下這般極度傲慢的文字，對方依然會急急忙忙地趕到銀行：

「奉送四千萬圓，你明早十點來S銀行領取。」

假如是第二類，僅需簡單寫下這段通知，那位大人物光潔燦亮的賓士轎車就會準時停在高級餐廳的大門前：

「計畫推舉你繼任內閣總理大臣，盼明日六時於赤坂N亭會晤。」

假如是第三類，俗話說郎有情妹有意，只要這樣寫，他一定會興致勃勃地飛奔過去：

「我好喜歡、好喜歡你，很想和你到旅館共度良宵，記得明晚八點來M咖啡廳唷！愛你的P子敬上」

所以，第一類、第二類及第三類書信不需要任何範例或範本，即使文筆再差仍然可以達成目的。

然而，第四類書信的囊括範圍包羅萬象，用途與目的各不相同，寫起來格外費心。

常見的應酬式感謝函多半屬於第一類或第二類書信的後續延伸，不一定要訴諸情感；相形之下，第四類書信必須藉助文字、並且只能藉助文字的力量使人感動，這需要展現非比尋常的熱情，抑或是精湛高超的寫作技巧。

同樣地，在這個情況下，若收信人對你沒有一絲一毫的興趣，那麼縱使有再多的熱情，並且不顧一切地傾注熱情，也只會被當成騷擾信，直接扔進廢紙簍。

在我經常收到的女性讀者來信中總有不勝枚舉的例子：

「您好，我是住在〇縣N市的粉領族，從小常為人生中種種荒謬的邏輯而煩惱不已。我還記得自己小時候每當看到在庭院那株柿樹的遠方緩緩西沉的夕陽，便不知不覺熱淚盈眶……我真的很早熟吧？我有兩個哥哥，他們都在N市工作，大哥已經結婚了。請問大師，您對婚姻生活有何看法呢？在我的想像中，婚姻似乎是大量悲傷和大量幽默的綜合體。請大師告訴我您的婚姻觀，盡量多寫一點……」

請各位試想，一個男人在收到陌生女子寄來這樣的信時有多麼困擾。

首先，這位女士和我沒有任何關係，卻企圖僅憑寫在來信第一行的「N市的粉領族」就想博取我的注意，兀自在腦中勾勒著各種浪漫的幻想場面，只能說她是過度自戀。我可是個大忙人，沒有那種浮想聯翩的閒工夫。

不僅如此，在來信開頭無緣無故迸出一句「在庭院那株柿樹的遠方緩緩西沉的夕陽」，就要求我沉浸在同樣的情懷之中，這形同閉門家裡坐，禍從天上來。我既不是園藝師，對別人家的柿樹也沒興趣，更不曾當過偷摘柿子的小偷，那又何必知道妳家種著柿樹呢？

至於她希望我寫些關於婚姻的感想……只有神經衰弱的患者會寫下對婚姻有感而發的長篇大論寄給陌生人，而我並沒有罹上神經衰弱這樣的疾病。

所謂見微知著，這位住在N市的粉領族小姐，在引起我這個收信人的興趣這件事上徹底失敗了。原因就在於她的出發點是基於「三島對我一定很感興趣」的自命不凡的前提之上。

直到你深切體悟，世上的每一個人只顧朝著自私自利的目標邁進，除了極少數的例外幾乎不會在意其他人，這時你的文字才有躍然紙上的力量，能夠寫出憾動人心的書信。

三島由紀夫書信教室

三島由紀夫レター教室

作　　者　三島由紀夫
譯　　者　吳季倫
主　　編　林玟萱

總 編 輯　李映慧
執 行 長　陳旭華（ymal@ms14.hinet.net）

社　　長　郭重興
發行人兼出版總監　曾大福
出　　版　大牌出版 / 遠足文化事業股份有限公司
發　　行　遠足文化事業股份有限公司
地　　址　23141 新北市新店區民權路 108-2 號 9 樓
電　　話　+886- 2- 2218-1417
傳　　真　+886- 2- 8667-1851

印　　務　江域平、李孟儒
封面設計　許晉維
排　　版　新鑫電腦排版工作室
印　　製　通南彩色印刷有限公司
法律顧問　華洋法律事務所　蘇文生律師

定　　價　350 元
初　　版　2021 年 10 月

國家圖書館出版品預行編目資料

三島由紀夫書信教室 / 三島由紀夫 著；吳季倫 譯 . -- 初版 . --
新北市 : 大牌出版 ; 遠足文化事業股份有限公司發行 , 2021.10
面；　公分
譯自：三島由紀夫レター教室
ISBN 978-986-0741-60-5 (平裝)

861.67　　110015398